버퍼
Buffer

이영균 장편 소설

FUSION FANTASTIC STORY

버퍼 3

이영균 장편 소설

초판 1쇄 찍은 날 § 2013년 6월 21일
초판 1쇄 펴낸 날 § 2013년 6월 27일

지은이 § 이영균
펴낸이 § 서경석

편집부장 § 권태완
편집책임 § 어정원
디자인 § 이승주

펴낸곳 § 도서출판 청어람
등록번호 § 제1081-1-89호
등록일자 § 1999. 5. 31
어람번호 § 제1-1621호

주소 § 경기도 부천시 원미구 심곡2동 163-2 서경B/D 3F (우) 420-822
전화 § 032-656-4452 팩스 § 032-656-4453
http://www.chungeoram.com
E-mail § chungeorambook@daum.net

ISBN 978-89-251-3335-5 04810
ISBN 978-89-251-3309-6 (세트)

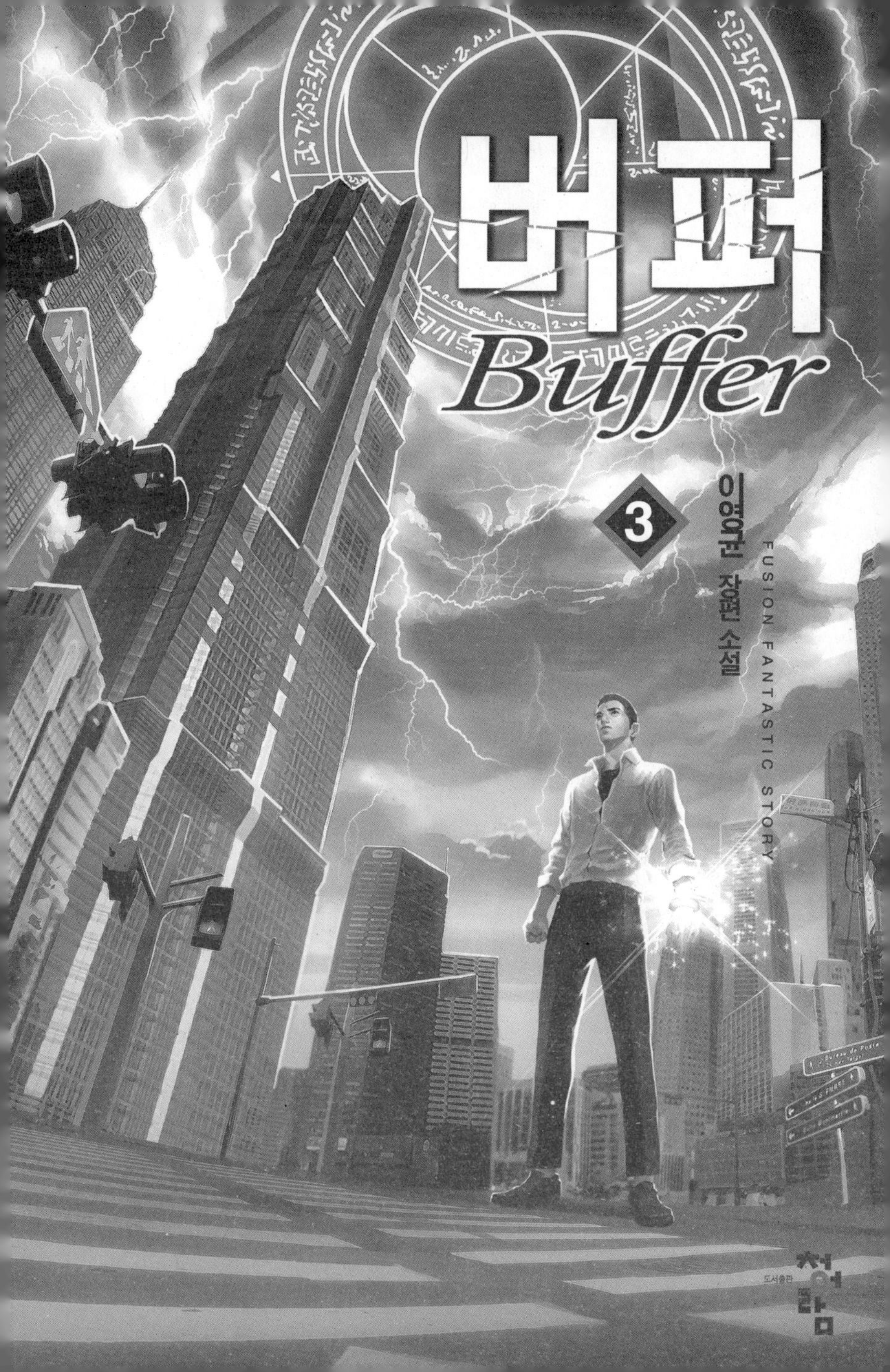
버퍼
Buffer
3
이영균 장편 소설
FUSION FANTASTIC STORY
도서출판 청어람

CONTENTS

Chapter 31
검은 방

 랜턴이 만들어 낸 빛이 서치라이트처럼 동굴의 벽을 비쳤
다.
 손의 흔들림에 따라 랜턴이 만들어낸 원형 빛 뭉치가 푸른
숲, 맑은 강, 순록, 사냥하고 절하고 춤추는 원시인, 폭발하는
화산, 화산 위에 나타난 빛과 고리를 선명하게 드러냈다.
 "……."
 핏빛 붉은색, 산 능선 양지바른 곳에 자리 잡은 잡초의 녹
색, 가을 하늘처럼 정도 이상으로 푸른 색감 등을 주로 하여
그려진 벽화의 그림은 산사의 벽을 장식하고 있는 탱화처럼

보이기 충분했다.

너무 놀라 꿇었던 무릎을 바로 한 송염은 중앙좌대에 집중했다.

좌대는 부처님이 앉으시는 연꽃 좌대와 흡사한 모양을 하고 있었다.

둥근 좌대의 옆면은 솜씨없는 석공이 투박하게 조각한 듯한 연꽃잎 모양이었고 윗면은 연꽃잎 조각과 정반대로 최고의 명공이 심혈을 기울여 만든 거울처럼 매끄러웠다.

'꿈과 같은 장면을 오대산 깊은 계곡 숨겨진 동굴 속 벽화에서 다시 볼 확률은 얼마나 될까?

스스로 답이 없다 생각하는 질문을 던지며 송염은 동굴 내부를 샅샅이 뒤지기 시작했다.

무언가를 특정지어 찾아본 것은 아니었다.

하지만 꿈과 벽화와 동굴 사이에 무언가 감춰진 연결고리가 있다는 생각을 머리에서 지울 수 없었다.

벽화도 다시 한 번 확인했고 연꽃 좌대의 미세한 틈도 살폈다.

그렇게 몇 번을 살피고 또 살폈지만 이상한 점은 발견되지 않았다. 결국 송염의 탐색은 실패로 돌아갔다.

"없어."

송염은 동굴 안에서 연꽃 좌대와 벽화를 제외하고는 다른 그 어떤 특이한 물건이나 상태의 징후도 찾지 못했다.

"결국 우연이란 말인가?"

그렇다고 생각할 수밖에 없었다. 아니 우연이 아니라 필연이라고 해도 현 시점에서 그 비밀의 거죽을 벗길 방법은 없었다.

포기를 선언한 송염은 동굴에서 지낼 준비를 시작했다.

먼저 가져온 식량과 버너와 코펠, 침낭들을 풀어 동굴 한편에 차곡차곡 쌓아놓았고, 샤워를 하고 식수로 사용할 동굴 옆 작은 계곡도 찾아냈다.

그렇게 분주히 움직이다 보니 어느새 동굴 밖이 어둑어둑해졌다.

가스 랜턴을 켜서 어둠을 밝힌 송염은 라면 한 개를 끓여 이른 저녁을 해결했다.

식사 후 잠깐 동안 스트레칭으로 몸을 푼 송염은 동굴에 온 목적인 수련을 위해 연꽃 좌대에 올랐다.

"안성맞춤을 이럴 때 두고 하는 말이지."

아직은 스스로 기절할 수 있는 능력을 가지지 못한 송염은 작은 방망이로 자신의 관자놀이를 때렸다.

딱!

경쾌한 소리와 함께 송염은 좌대 위에서 그대로 기절했다.

　　　　*　　　　*　　　　*

　평소라면 송염이 기절하면 팔찌는 수은처럼 녹아 몸으로 스며든다. 그런데 이번에 팔찌가 보여준 변화는 기존과 달랐다.

　스르르륵!

　팔찌가 손목에서 풀리면서 금속 뱀으로 변했다.

　용융로에서 몇 시간 달궜을 때 일어났던 변화가 놀랍게도 지금 동굴에서 일어나고 있는 것이다.

　금속 뱀은 살아 있는 것처럼 몇 번 송염의 몸을 휘감고 돌았다.

　변화는 비단 팔찌에만 일어난 것이 아니었다.

　연꽃 좌대에는 어느새 손가락 굵기 크기의 구멍이 수도 없이 생겨 있었다.

　송염의 몸을 휘감고 난 금속 뱀은 그중 한 구멍으로 들어갔다가 잠시 후 다른 구멍으로 빠져나왔다.

　그리고 그 행동을 계속 반복했다.

　송염이 의식이 있었다면 뱀이 들어갔다 나오는 구멍들의 순서가 일정한 규칙, 즉 오망성을 그리는 순서로 이동하고 있다는 사실을 알아차렸을 것이다.

이윽고 모든 구멍을 빠짐없이 들어갔다 빠져나온 금속 뱀이 다시 송염의 손목에서 팔찌로 변했다.

그 순간 팔찌가 눈 뜨기 힘들 정도의 밝은 빛을 뿜어냈다.

그리고 잠시 후……

빛이 사라진 동굴 안에서 인간의 흔적은 찾아볼 수 없었다.

*   *   *

송염이 정신을 차린 장소는 그가 살았던 원룸 네 개를 합해 놓은 정도의 크기를 가진 검은 벽으로 이루어진 정방형 공간이었다.

검은 벽은 매끈했고 그 어떤 장식도 없었다.

다만 네 벽 중 한 벽의 중앙에 피를 끼얹은 듯 흘러내릴 것 같은 붉은 칠을 한 문이 덩그러니 존재했다.

검은 방 안은 붉은 문을 확인할 만큼 어둡지 않았다. 아니 오히려 밝았다.

검은 방을 밝히고 있는 빛은 천장에 박혀 있는 주먹만 한 유리구슬에서 흘러나오고 있었다.

방의 한쪽 구석에 송염이 쌓아놓은 배낭이며 식량, 캠핑도구들의 모습도 보였다.

"……."

원래 송염은 분명히 사람의 손길이 닿지 않은 자연 동굴의 좌대에 앉아 있었다.

그런데 지금은 검은 방에 있다.

마치 꿈을 꾸고 있는 것 같은 기분이 들었다.

그렇지만 오감을 통해 들어오는 정보는 송염이 보고 있는 것들이 꿈이 아님을 전해주고 있었다.

송염은 토하듯 말했다.

"뭐야?"

가장 합리적인 추론은 송염이 기절한 후 누군가 자신을 이 공간, 검은 방으로 옮겨놓았을 것이라는 가정이었다.

"왜? 어째서?"

송염은 그 답이 붉은 문 밖에 있다고 생각했다.

사실 문은 하나뿐이니 달리 선택의 여지도 없었다. 송염은 천천히 붉은 문으로 다가갔다.

문 위에는 영화관 비상구처럼 녹색 바탕에 흰색 글씨로 'Nullam' 이라는 뜻 모를 단어가 적혀 있었다.

'눌람?'

나중에 안 사실이지만 눌람은 라틴어로 기초란 뜻이었다.

송염은 잠겨 있지 않길 기원하며 문으로 다가가 손잡이를 잡았다.

철 특유의 냉기가 손에 침투하는 것으로 보아 문은 강철이

나 그에 준하는 금속으로 만들어진 듯했다.

삐걱!

문을 열고 나가자 상당히 넓은 공간이 나왔다.

동굴 역시 검은 방처럼 어둡지 않았다. 역시 이유는 천장에 있었다. 동굴의 천장에는 수박만 한 크기의 유리구슬이 듬성 듬성 박혀 있었고 그 유리구슬에서는 꽤 밝은 빛이 흘러나와 동굴에 생기를 불어넣고 있었다.

송염은 무의식적으로 뒤를 바라보았다.

문은 아직 열린 그대로 있었다. 그리고 그 틈으로 검은 방의 내부가 일부 보였다.

"아~! 핸드폰!"

어쩌면 당연하게도 핸드폰 신호는 X자를 표시하고 있었다. 송염은 핸드폰의 시간을 확인했다.

"오전 10시라……."

송염이 기절한 시간은 저녁 6시쯤이었다. 즉 송염은 무려 16시간 동안이나 기절한 것이다.

"상관없잖아?"

이 장소에서 빠져나갈 수 있는 방법은 어차피 전진, 오직 그 한 가지뿐이다. 시간은 현 상황에서 아무런 문제가 되지 않았다.

송염은 전진을 선택했다.

하지만 그 전에 우선 할 일이 있었다.

송염은 자신이 가지고 있는 물건들을 확인했다.

상당기간 수련할 목적을 가지고 온 덕에 배낭 안에는 이런 저런 물건들이 꽤 있었다.

"멀티툴 한 개, 라이터 한 개, 코펠, 라면 몇 개와 육포, 미숫가루, 물 두 병, 침낭 한 개……. 물이 걱정이네."

동굴 옆에 계곡이 있다는 말을 김민호에게 들어 따로 물에 대해 신경을 쓰지 않았다. 이 물이 떨어지기 전에 빠져나갈 수 있기를 바라는 수밖에 없다.

소지품 체크를 마친 송염은 조심스럽게 걸음을 옮겼다.

그렇게 시작된 동굴 여정은 거의 시작과 동시에 삐그덕 대기 시작했다.

송염은 불과 10여 미터를 걸어 코너 하나를 돈 순간 걸음을 멈춰야 했다.

송염의 걸음을 멈춘 것은 하얀 털이 보슬보슬한 작고 귀여운 토끼 한 마리였다.

"…말이 되나?"

토끼는 자고로 들판이나 산에서 사는 동물이다.

그런 토끼가 두더지나 쥐같이 땅속에 사는 동물처럼 동굴 안에 있어서는 안 된다.

"거참……. 하긴 이런 장소가 존재하는 것도, 내가 이곳에 있는 상황 자체도 말이 안 되니……. 오히려 늑대가 아닌 것을 기뻐해야 할지도……."

상황에 어울리지 않지만 앞발을 비비고 빨간 눈이 깜빡거리며 제자리를 맴도는 토끼는 그 자체로 귀여움의 절정이었다.

잠시 토끼를 구경하던 송염은 계속 걸음을 옮겼다.

이상한 일은 토끼의 존재 자체로 끝나지 않았다.

송염이 바로 옆으로 지나가도 토끼가 도망치지 않았다.

"음? 이상하네."

토끼는 송염을 전혀 두려워하지 않았다. 아니, 처음부터 송염의 존재 자체를 인식하지 못하고 있는 듯 보였다.

"눈멀고 귀먹은 토끼라……. 아~ 몰라! 몰라!"

송염은 토끼를 버려두고 앞으로 나갔다. 하지만 그의 걸음은 얼마 가지 않아 다시금 멈춰 서야 했다.

놀랍게도 토끼는 한 마리가 아니었다.

"여기도……. 저기도……."

삼사 미터 거리마다 토끼가 있었다.

그 토끼들은 첫 번째 토끼와 같은 동작을 하며 송염의 존재를 철저히 무시한 채 제자리를 맴돌고 있었다.

토끼에게 무시하자 괜스레 기분이 나빠졌다.

기분 나빠진, 출구를 모르는 동굴에 갇힌 남자가 이 상황에서 선택할 수 있는 행동은 하나뿐이었다.

송염은 토끼를 발로 살짝 건드렸다.

"확 차버리고 싶지만 그건 좀 심한 것 같고……."

그런 송염의 동작이 토끼의 성질을 건드린 모양이었다.

끼~ 옥!

토끼가 긴 비명을 내지르며 송염에게 달려들었다.

"뭐야~! 이놈이 미쳤나~!"

뜻밖의 토끼의 반응에 당황한 송염은 좀 더 강하게 토끼를 발로 밀듯이 찼다.

툭!

행동에 대한 반응은 놀라웠다.

지렁이도 밟으면 꿈틀하듯 토끼도 성깔이 있었다.

끼욱!

끼이이욱!

안 그래도 붉은 눈을 더 붉게 만들며 토끼는 죽어라 송염에게 달려들었다.

"이래도 되는 건가?"

토끼가 사람을 문다는 말을 들어본 적 없지만 어쨌든 동굴의 토끼는 사람을 무는 종이 분명했다.

토끼는 자신이 개라도 되는 것처럼 송염의 바짓가랑이를

물고 늘어졌다.

더 두고 볼 수 없었던 송염은 축구공을 차듯 강하게 발을 휘둘러 토끼를 떨어뜨려 냈다.

끼이잉!

물고 있던 바짓가랑이에서 떨어져 날아가 벽에 부딪친 토끼가 눈알을 뒤집고 다시 달려들었다.

"돌겠네⋯⋯."

그렇지 않아도 생소한 장소에 갇혀 불안했고 속도 상했던 차다. 토끼마저 자신을 무시한다는 생각도 들었고 솔직히 살짝 겁이 나기도 했다.

이 모든 감정들이 섞이자 폭력이란 괴물이 튀어나왔다.

"나도 모르겠다."

더 이상 참지 못한 송염은 토끼를 발로 강하게 차버렸다.

퍽!

끼욱!

북 터지는 소리가 나며 발에 차인 토끼가 허공을 날아 천장에 부딪쳤다 돌멩이처럼 떨어졌다.

툭!

더 볼 것도 없었다. 그 행동으로 토끼는 즉사했다.

"까불지 말라고 했지!"

송염은 툭 속마음을 내뱉었다. 기분은 풀어졌지만 한편으로 가슴 한구석이 싸늘해졌다.

"……"

그 이유는 간단했다.

지금 이 순간 송염은 태어나서 처음으로 살생을 했다. 살생은 도시에서 태어나 성장한 현대인에게 무척 생소한 경험이었다.

그래도 토끼는 토끼일 뿐이다. 살생에 대한 거리낌은 나타난 순간보다 빠르게 사라졌다.

"기분 나빠."

죽은 토끼를 외면하며 송염은 걸음을 옮겼다.

당연히 다른 토끼들은 절대로 건들지 않았다.

Chapter 32
동굴

버퍼
Buffer

동굴은 갈림길 없는 외길이었고 길이는 송염의 걸음으로 약 400보, 즉 약 300미터 정도였다.

길을 잃을 염려도, 길이가 짧아 힘도 들지 않는 그런 동굴 끝에 도착한 송염은 믿기지 않는 현실과 마주쳐야 했다.

통로 끝에는 송염이 동굴로 들어왔을 때 통과했던 붉은 문이 있었다. 이건 좋은 징조였다.

하지만 문 앞에 서 있는 토끼 한 마리가 문제였다.

"뭐냐고……."

자고로 토끼는 작고 귀여워야 한다.

이는 사람의 뇌리 속에 법칙처럼 각인되어 있는 토끼에 대한 이미지다.

물론 성인 남자가 겨우 안을 정도의 토끼도 존재한다. 컨티넨탈 대륙 토끼라고 불리는 종은 몸무게가 20킬로그램이 넘기도 한다.

"지금 그걸 따지자는 게 아니잖아."

송염은 머리를 흔들어 머릿속을 채우는 잡생각들을 떨쳐버렸다.

어쨌든 토끼가 문제였다.

토끼는 언뜻 봐도 몸무게가 삼사십 킬로그램은 나갈 듯 보였고 키는 무려 1미터가 넘어 보였다. 여기서 키는 문자 그대로 '신장'을 의미했다.

거대 토끼는 놀랍게도 두발로 굳건히 대지를 딛고 서 있었다.

비단 놀라움은 그것으로 끝나지 않았다.

거대 토끼는 원시인이 입었음직한 가죽 옷까지 걸치고 있었다.

마치 자신이 비현실적인 세상에 떨어진 앨리스 같다는 생각이 들었다.

"네가 바니냐?"

실없는 농담을 던진 송염은 천천히 전진했다.

지금까지 토끼들은 먼저 건들지 않으면 송염에게 덤비지 않았다. 워낙 거대한 토끼이다 보니 살짝 꺼림칙한 마음도 있었지만 지금까지의 경험으로 비추어 봤을 때 이번에도 별문제 없을 것이란 판단이 들었다.

결론적으로 송염은 판단은 오판이었다.

2초 후…….

"헉, 헉, 헉, 돌겠네……. 헉!"

송염은 엉덩이에 불이 난 망아지처럼 냅다 통로를 뛰고 있었다. 그를 뛰게 아니 도망치게 만든 것의 정체는 거대 토끼였다.

송염을 쫓는 것은 거대 토끼만이 아니었다. 워낙 급하게 도망치다 보니 송염은 두 마리의 작은 토끼를 건드렸다.

끼욱!

끼이이욱!

작은 토끼들 역시 미친개마냥 깡충깡충 뛰면서 송염의 뒤를 쫓아왔다.

"헉헉헉헉!"

단숨에 통로 끝까지 달린 송염은 가쁜 숨을 내쉬었다.

다행스럽게도 거대 토끼는 어느 정도 쫓아오다 다시 돌아갔다. 대신…….

끼우우욱!

끼우우우우우욱!

끝끝내 뒤쫓아 온 작은 토끼들이 개처럼 짖으며 송엽에게 마구잡이로 달려들었다.

그 꼴을 당하고 있다 보니 왠지 울컥 울화가 치밀었다.

'토끼 주제에 날 무시하나?'

어이도 없고 화도 치민 송엽은 신경질적으로 토끼들을 발로 걸어찼다.

퍽!

퍽!

끼이이이웅!

끼웅!

간단하게 토끼 두 마리가 패대기쳐져 죽었다. 그 모습을 보면서도 송엽의 눈빛이 조금도 흔들리지 않았다.

확실히 인간은 적응의 동물이 분명했다.

"이제 어떻게 한다……."

깊게 생각할 필요 없이 방법은 오직 하나 거대 토끼가 지키고 있는 붉은 문을 통과하는 것이었다.

"가는 수밖에 없어."

가기 전에 우선 배를 채워야 했다. 신경을 많이 써서인지 미친 듯 배가 고팠다.

송엽은 자리에 주저앉아 버너와 코펠 그리고 라면 한 개를 꺼냈다.

당연한 말이지만 그렇게 끓인 라면은 정말로 맛있었다.

후르르르륵!

"……."

마시듯 라면을 들이켜던 송염의 눈에 토끼의 시체가 보였다.

"아프리카 마사이 족들은 물이 없으면 소의 피를 마시기도 한다는 말을 들은 적이 있어."

남은 식량은 아직 대엿새를 버티기 충분했지만 문제는 물이었다. 남은 물은 이제 겨우 500$m\ell$ 생수 한 병에 불과했다.

생각해보면 토끼는 피뿐만이 아니라 고기도 제공해 줄 수 있는 귀중한 자원이란 생각이 들었다.

"아놔……."

송염은 인상을 잔뜩 찌푸리고 몸을 일으켰다.

피를 마신다는 생각만으로 속이 미식거리고 끔찍했다. 피를 마시는 상황이 오기 전에 거대 토끼를 물리치고 문을 열고 밖으로 나가는 편이 이치에 맞았다.

"우선!"

주변을 정리할 필요가 있었다.

조금 전처럼 미친 토끼들이 달려들면 큰 낭패를 볼 수도 있다 싶었다.

이제 마음의 부담 따위는 없었다. 이미 세 마리를 죽였으니 그 일이 반복된다 한들 특별한 감흥이 있을 것도 아니었다.

그래도 한 가지 걱정은 남아 있었다.

'다 죽여 놓으면 고기가 썩어 못 먹는 것 아냐?'

부질없는 생각이었다.

토끼 고기와 피를 마시고 살아남은들 어차피 동굴에서 탈출하지 못하면 송염에게 미래는 없었다.

*　　　*　　　*

송염은 주로 발을 이용해 토끼들을 사냥했다.

거대 토끼를 제외한 토끼의 숫자는 모두 스물네 마리.

불과 두 시간 만에 두 마리만을 남기고 송염은 모든 토끼들을 죽였다. 그런데 아이러니하게도 토끼 두 마리를 남긴 것은 송염의 의지가 아니었다.

스물두 마리째의 토끼를 죽였을 때 송염은 몸속에서 익숙한 변화가 일어나고 있음을 직감했다.

"왜 지금?"

몸속의 변화는 분명 버퍼의 레벨이 상승할 때 일어나는 징후를 가리키고 있었다.

그래도 나쁜 일은 아니다 싶었다.

어쨌거나 버프가 더 생기면 옷 입은 거대 토끼를 잡을 수 있는 확률이 더 높아질 테고 그러면 자연적으로 이 동굴을 빠져나갈 확률도 높아질 수 있었다.

송엽은 전진을 멈추고 뒤로 물러나 바닥에 편한 자세로 누웠다.

"버프를 얻어 좋긴 하지만 아직은 때가 아니었는데……."

팔찌의 비밀을 알고 난 후 초급버퍼가 되기까지 걸린 시간은 두 달이었다. 그후 초급딱지를 떼고 Lv1 버퍼가 되기까지 다시 일곱 주가 더 필요했다.

"그런데 이제 불과 한 달밖에 안 지났다고. 누가 뭐래도 레벨이 오를수록 시간이 더 걸리는 건 상식 아니었나?"

하지만 고민할 필요는 없었다.

"우선 내가 처한 상황이 상식에 맞지 않잖아."

그리고 고민할 여유도 없었다.

"크으으으윽!"

이젠 익숙해진 뜨거움과 차가움이 교차했고 송엽은 의식을 잃고 다시 깨어났다.

정신을 차린 송엽은 새로 생긴 버프부터 정리했다.

―버퍼 Lv2

버퍼 레벨이 Lv1에서 Lv2로 변했다.

—마나차지 Lv3

종류:패시브 스킬.

버프를 사용할 때 필요한 마나가 서서히 차오른다.

텅 빈 상태에서 완전히 마나가 차는 시간은 8시간이다.

—마이 HP 부스트 Lv2

종류:패시브 버프.

체력이 4시간 동안 30퍼센트 증가한다.

소요 마나는 마나 총량의 20퍼센트다.

—윈드 볼 Lv2

종류:액티브 스킬.

바람의 구를 발사한다.

대상을 강타하는 바람의 구는 20미터까지 빠르게 날아간다.

현 상태의 마나 양으로 연속 12번 사용할 수 있다.

—마이 헤이스트 Lv1

종류:액티브 버프.

공격속도를 5분 동안 30퍼센트 빠르게 만든다.

소요 마나는 마나 총량의 20퍼센트다.

—스톤스킨 Lv4

종류:팔찌 기본 버프.

대상의 표면을 강하게 만든다.

한 번에 8분간 지속된다.

하루에 8번 사용할 수 있다.

팔찌 착용자가 있는 장소의 시간대 기준으로 밤 12시에 사용횟
수는 리셋 된다.

기억의 창고에서 새로 얻은 버프들을 점검한 송염의 표정
이 밝아졌다.

"드디어……. 나에게 쓸 수 있는 버프가!!"

생겼다.

마이 헤이스트 버프에는 대상이란 말이 없었다. 대상이란
말이 없으면 그 버프는 자신에게 사용할 수 있는 버프란 의미
다.

게다가 '마이'라는 세상에서 가장 멋진 단어까지 떡하니
붙어 있었다.

"헤이스트면… 서두르다, 급하다란 뜻이고, 공격속도를 빠

르게 해준다라……. 그럼 달리기도 포함일까?'

실전에서 낭패를 당하지 않게 위해선 먼저 철저한 테스트가 필요했다.

송엽은 120걸음을 걸어 대략 100미터의 거리를 설정한 다음 스타트라인에 섰다.

스마트폰의 스톱워치까지 설정한 송엽은 차분히 그러나 긴장감이 섞인 하이톤으로 스스로에게 소리쳤다.

"마이 헤이스트!"

팔찌의 마나눈금이 쑥 줄어들었다.

"……."

몸에 별다른 변화는 없었다.

"잘 부탁한다. 마! 이! 헤이스트!"

송엽은 스톱워치의 스타트를 누름과 동시에 냅다 뛰기 시작했다.

그 결과는 놀라웠다.

"…7초 55."

세상 그 누구에게도 그 존재가 알려져 있지 않은 신비한 동굴 속에서 송엽은 비공인 세계신기록을 세웠다.

이어진 테스트의 결과도 송엽을 만족시켰다. 마이 헤이스트는 기본적으로 신체능력을 극대화시키는 버프였다.

팔굽혀 펴기, 윗몸일으키기 등 생각해 낼 수 있는 거의 모든 항목에서 송염은 경이적인 기록을 세우는 기염을 토했다.

"드디어 내가 쓸 수 있는 쓸모있는 버프가 생겼어."

겨우 흥분을 가라앉힌 송염은 다른 버프들도 점검했다.

"다른 버프들은 시전횟수와 시간이 늘고 마나가 줄어든 정도고……. 응? 윈드 볼은 조금 다르네?"

윈드 볼의 설명에는 '강력한'과 '빠르게'란 수식어가 더해져 있었다.

"테스트다! 테스트!"

송염은 토끼 시체를 모아 놓고 윈드 볼을 시전했다.

푸슝!

무형의 기운이 빠르게 날아가 토끼 시체 더미에 명중했다.

펑!

윈드 볼을 맞은 토끼 시체들이 맹렬한 속도로 비산했다.

영화처럼 박살 나거나 하지는 않았지만 위력은 확실히 강해졌고 속도도 빨라졌다.

결과에 만족한 송염은 팔찌의 게이지를 확인했다.

두 번의 버프로 이미 4분의 1가량의 마나가 사라져 있었다.

"서두를 필요는 없어. 잘못하면 마이 HP 부스트와 셀프 힐을 사용할 수 없을지도 몰라."

마나 차지 Lv3를 배운 덕에 앞으로 두 시간 반만 쉬면 마나
는 가득 찬다. 하지만 거대 토끼와 싸우기 위해선 마이 HP 부
스트와 셀프 힐을 버릴 순 없었다.

송염은 계산 끝에 두 시간 반을 쉰 후 마나가 가득차면 지
속시간이 네 시간인 마이 HP 부스트를 사용하고 다시 두 시
간을 쉬어 마나를 채운 후 거대 토끼를 쓰러뜨리기로 결정했
다.

계획이 서자 시간이 남았다.

송염은 자신이 배운 버프들을 점검했다.

따지고 보니 이런저런 버프가 많았다.

전혀 쓸모없다 여겼던 버프들이 요소요소에서 많은 도움
을 주었다.

지금의 송염을 있게 한 스톤스킨 버프는 빼고라도 셀프 힐
은 목숨을 한 번 구해주었고 퍼펙트 타깃과 패스트 워크는 스
타퀸의 승리를 안겨다 주었다.

"윈드 볼을 빼놓을 수 없지."

윈드 볼은 홍대 놀이터 시절에서부터 스타퀸 1회에서 9회
도전까지 방관자에 지나지 않았던 송염을 주인공으로 만들어
주었다.

송염은 그때의 기억을 떠올렸다.

장풍을 보고 환호하던 사람들, 손을 번쩍 치켜든 사람들, 자기 일처럼 주먹을 불끈 쥐던 사람들.

그들은 모두 한수연의 검은색 팬티에 열광…….

'큼, 나름 버퍼도 괜찮은 기술일지도…….'

어쨌든 이 버프 덕분에 송염은 이 자리에 있다. 이 자리가 어딘지는 잘 모르지만 최소한 그것이 평범한 삶은 아니란 사실만은 분명했다.

시간이 흘렀다.

휴식 때문인지, 레벨 업 덕분인지 몸도 더없이 가뿐했고 머리마저도 상쾌했다.

'우선…….'

남은 두 마리 토끼를 마저 처리한 후 거대 토끼가 보이는 코너까지 다가간 송염은 마이 헤이스트 버프를 사용했다.

거대 토끼는 여전히 손을 비비며 어슬렁거리고 있었다.

'버프가 없었다면…….'

생각만으로도 끔찍했다.

동물과 사람은 근육량이 다르다. 침팬지의 힘은 그보다 월등히 큰 인간보다 여섯 배가 세다.

하지만 인간은 도구를 사용하는 동물이다. 손발이 안 되면 도구를 사용하면 된다.

찰칵!

멀티툴의 칼날을 펴 손에 쥔 송염은 천천히 토끼에게 다가
갔다.

"한번 붙어보자구!"

Chapter 33
거대 토끼

끼오오옥!

송염을 발견한 거대 토끼가 자그마치! 두 발을 사용해 껑충 껑충 뛰어왔다. 자두만 한 크기의 토끼눈은 쏟아져 내릴 것 같은 핏빛으로 물들어 있었다.

'이 장면을 수십 번 본다고 해도 절대 적응이 안 될 거야.'

달려온 거대 토끼가 캥거루처럼 앞발을 휘둘렀다. 송염의 눈에는 거대 토끼의 앞발이 움직이는 속도가 슬로우 비디오 처럼 보였다.

'마이 헤이스트의 위력!'

마이 헤이스트 버프는 단순히 시전자의 육체적 속도만 빠르게 해주는 것이 아니라 감각까지도 민감하게 해주는 것 같았다.

자신감이 샘솟은 송염은 가뿐하게 앞발을 피한 후 멀티툴로 거대 토끼의 가슴을 찔렀다.

공격은 멋지게 성공했다. 멀티툴은 손잡이까지 거대 토끼의 가슴에 박혔다.

푹!

그런데 찔리는 감촉과는 별도로 효과가 없었다.

칼에 맞은 거대 토끼가 비명조차 지르지 않고 몸을 휙 돌렸다. 그 바람에 송염은 멀티툴을 놓치고 말았다.

"젠장! 되는 일이 하나 없어."

송염은 욕설을 내뱉었다.

처음부터 멀티툴은 캠핑에 편리한 도구였지, 거대 토끼와 싸우라고 만들어진 물건이 아니었다.

끼오오오옥!

거대 토끼가 송염과 멀티툴을 번갈아 바라보더니 괴성을 내뱉었다.

질 수 없었다.

송염은 손에 잡히는 돌멩이 하나를 집어 들고 마주 소리쳤다.

"덤벼!"

끼오옥!

거대 토끼가 송염의 도발을 알아듣기라도 한 것처럼 먼지를 날리며 맹렬하게 달려들었다.

"죽어!"

송염은 힘껏 돌멩이를 거대 토끼의 머리에 던졌다. 마이 헤이스트 버프의 위력이 더해진 돌멩이는 놀란 라이언이 던진 야구공보다 빠르게 토끼를 향해 날아갔다.

'다 믿는 구석이 있었다고!'

믿음을 곧 사라졌다.

콩!

돌멩이가 거대 토끼의 두터운 털과 가죽과 지방에 부딪쳐 맥없이 떨어졌다.

"젠장!"

허무하리만큼 돌멩이는 효과가 없었다.

송염은 달려오는 거대 토끼를 사이드 스텝으로 피했다.

아니, 피하려 했다.

콩!

마이 헤이스트 버프를 과신하고 명중률을 높이기 위해 최대한 거대 토끼를 기다린 결과는 비참했다.

"컥!"

가슴에 충격을 받은 송염은 팽이처럼 빙글 돌며 땅바닥에 처박혔다.

"셀프 힐! 셀프 힐!"

죽을 것 같았던 아픔이 사그라졌다.

생각 같아서는 지금 남은 마나로 사용할 수 있는 세 번의 셀프 힐을 모두 쓰고 싶었지만 그럴 순 없었다.

끼오옥!

승리의 함성을 지른 거대 토끼가 다시 송염을 덮쳐 왔다.

송염은 손을 내밀며 소리쳤다.

"윈드 볼!"

펑!

향상된 윈드 볼의 위력은 대단했다. 송염을 덮치던 거대 토끼가 고무줄에 튕긴 듯 뒤로 날아갔다.

퍽!

*　　　*　　　*

운 좋게도 토끼는 암벽의 뾰쪽하게 튀어나온 날카로운 바위에 머리를 부딪쳤다.

쿵!

거대 토끼가 뒤통수에서 피를 철철 흘리며 고목나무처럼

쓰러졌다.

송염은 두 손을 하늘로 치켜들고 환호했다.

"이겼어! 이겼다고!"

들어주는 이 없는 송염의 목소리가 동굴에서 메아리쳤다.

송염의 흥분은 오래가지 않았다.

"뭐야?"

몸이 차가워지고 있었다.

레벨 업을 하려는 징조가 분명했다.

"말도 안 돼."

정말로 말이 안 되는 일이다. 불과 네다섯 시간 전에 레벨 업을 한 상태. 그런데 또다시 레벨 업이라니…….

하지만 사실이었다. 이미 몸은 급속하게 차가워져 견디기 힘들 정도였다.

송염은 얼른 땅에 누워 최대한 편한 자세를 취했다. 그러자 시선이 죽은 거대 토끼에 머물렀다.

'설마…….'

일반 토끼를 스물두 마리 잡았고 레벨 업을 했다.

그리고 이번엔 일반 토끼 두 마리와 거대 토끼 한 마리를 잡고 레벨 업을 하려 한다.

"이런 게임 같은 일이!!"

이 동굴에 떨어진 건 재수가 없는 것이 아니라 기연 중의 기연이었다.

생각이 거기에 미치자 만세 소리가 절로 나왔다.

"만세!!"

언제나와 같이 냉탕과 온탕을 오간 후 사뿐히 기절하고 깨어나니 레벨 업이다.

—버퍼 Lv3

당연한 결과다.

이번에도 생기거나 변화한 버프는 모두 네 개였다.

—마나차지 Lv4

종류:패시브 스킬.

버프를 사용할 때 필요한 마나가 서서히 차오른다.

텅 빈 상태에서 완전히 마나가 차는 시간은 6시간이다.

초급 버퍼였을 때 열두 시간이었던 마나 차지 시간이 여섯 시간으로 줄었다. 매우 좋은 일이다. 더 레벨 업을 하면 더 빠른 마나 공급이 가능해진다.

—퍼펙트 타깃 Lv2

종류:패시브 버프.

대상의 명중률을 10분 동안 20퍼센트 증가시킨다.

소요 마나는 마나 총량의 10퍼센트다.

퍼펙트 타깃 버프도 지속시간은 늘고 마나 사용량은 줄어
들었다.

—헤이스트 Lv1

종류:액티브 버프.

대상의 공격속도를 40분 동안 30퍼센트 빠르게 만든다.

소요 마나는 마나 총량의 10퍼센트다.

헤이스트는 마이 헤이스트 버프에서 대상이란 단어가 붙
었으니 송염 자신에게는 무용지물인 버프다. 하지만 상황에
따라 다른 사람에게 줄 수 있으니 이런저런 일에 쓸모가 많을
것 같은 버프이기도 하다.

"특히 시간이 마음에 들어. 찔끔찔끔 몇 분이 아니고 40분
이나 주니 좋잖아. 마나도 다른 버프에 비해 조금밖에 안 들
고!"

—인스턴트 마나 차지 Lv1

종류:액티브 버프.

순간적으로 비어 있는 마나를 가득 채운다.

일일 1회 사용할 수 있다.

팔찌 착용자가 있는 장소의 시간대 기준으로 밤 12시에 사용횟수는 리셋 된다.

인스턴트 마나 차지 또한 매우 마음에 드는 버프다. 마나를 순간적으로 가득 채울 수 있다면 모든 버프의 사용횟수가 곱으로 늘어난다.

"하지만 어디다 써."

솔직히 문하생을 상대로 사기 치긴 좋아도 실생활에 얼마나 도움이 될지는 전혀 감이 오지 않았다.

—스톤스킨 Lv5

종류:팔찌 기본 버프.

대상의 표면은 강하게 만든다.

한 번에 9분간 지속된다.

하루에 9번 사용할 수 있다.

팔찌 착용자가 있는 장소의 시간대 기준으로 밤 12시에 사용횟수는 리셋 된다.

스톤스킨 버프는 역시 지속시간과 사용횟수가 늘었다. 스톤스킨 버프는 송염이 가진 버프 중 가장 잘 써먹고 있는 버프다.

만일 거대 토끼와 마주친 상황에서 마동식이 있었다면?

"거대 토끼쯤은 밥인데… 밥!"

새로 얻은 버프의 평가를 마친 송염은 자신을 밖으로 데려다줄 문으로 다가갔다.

"……!!"

그러던 송염의 눈에 거대 토끼의 시체가 보였다.

아무도 보지 않은 알려지지 않은 장소에서 멜빵 달린 작업복처럼 생긴 가죽옷을 입고 죽은 거대 토끼를 발견한 사람의 반응은?

생각해 볼 것도 없다.

송염도 누구나 할 법한 행동을 했다.

바로 거대 토끼가 입고 있는 가죽옷의 큰 주머니를 뒤진 것이다.

"……!!"

송염은 주머니 안에서 기대하지 않았던 뜻밖의 물건 열 개를 찾아냈다.

둥글고 납작하고 크기에 비해 묵직하고 노란색인!

바로 그 물체의 정체는 반짝반짝 빛나고 있는 물체의 정체는 금화였다. 금화 표면엔 곱슬 수염이 얼굴 전체의 절반을 덮고 있는 인자한 노인의 초상이 새겨져 있었다.

"나이스!"

예상치 못한 횡재에 송염은 자신도 모르게 주먹을 불끈 쥐었다.

하지만 들뜬 기분도 잠시, 곧이어 가슴 깊은 곳에서 불신이 용암처럼 샘솟아 올라왔다.

"지지리도 박복한 내 주제에……."

동전이 황금일 리 없다는 지극히 현실적인 감정이었다.

그렇다고 희망까지 버릴 순 없었다.

"그래도 혹시 몰라."

송염은 금화를 입으로 가져가 깨물었다.

이렇게 하면 도금이라면 쉽게 벗겨지고 합금이라면 자국이 남지 않는다는 말을 어디선가 들은 기억이 났다.

자국이 났다.

내친김에 멀티툴의 칼날로 살짝 긁어 보았다.

쉽게 긁혔다.

100퍼센트 자신할 순 없지만 황금이 분명한 것 같았다. 금화 열 개의 무게는 못해도 삼겹살 한 근의 절반 무게는 족히 되어보였다.

"오호라~! 요금 금 한 돈에 얼마더라? 한 20만 원 하나? 그

럼 이게 모두 얼마야?'

기분 좋은 고민을 하던 송엽의 인상이 구겨졌다.

'한 돈에 몇 그램인지… 몰라!'

인생이 금 하고는 인연이 없던 송엽이다. 그나마 금 한 돈 가격이나마 어설프게 알고 있는 것이 오히려 신기한 일이다.

금화를 모두 챙긴 송엽은 문 앞에서 자신이 헤쳐 온 동굴을 바라보았다.

묘한 곳이지만 얻은 것도 참 많았다.

"기연이지. 이런 곳이 또 있으면 레벨 업을 쉽게 할 텐데……."

송엽은 고개를 저었다.

기연이 반복되면 이미 기연이 아니다.

송엽은 문을 열었다.

끼이이익!

붉은 문이 비명을 지르며 열렸다.

붉은 문 안을 바라본 송엽은 소리쳤다.

"제기랄!"

문 밖은 출구가 아니라 송엽이 처음 깨어났던 바로 그 검은 방이었다.

중앙의 연꽃 좌대와 단단하고 차가운 검은 벽이 송엽을 비웃고 있었다.

겨우 정신을 차린 송염은 검은 방이 약간 달라졌다는 사실을 발견했다.

"……??!!"

검은 방이 이전 방과 달라진 점은 두 가지였다.

이 방에는 원래 송염이 나가도 들어온 붉은 문 하나뿐이었다. 하지만 지금은 노란색 문이 하나 더 있었다.

또 하나 달라진 점은 붉은 문 위의 녹색 바탕의 흰 글씨였다.

분명 나갈 때 송염이 확인한 글씨는 'Nullam'이었다. 그런데 지금은 그 글씨가 'Lv1'으로 변해 있었다.

"설마……. 에이~ 설마……!"

송염은 얼른 붉은 문을 열었다.

그 설마가 맞았다.

붉은 문 밖은 다시 동굴이었다.

"……."

이 동굴 역시 검은 방과 같이 이전과 달랐다.

동굴 안 통로에는 토끼가 아닌 사슴이 서 있었다.

*   *   *

다행히 노란 문은 출구였다.

문을 연 송엽은 그대로 기절했고 그가 다시 눈을 뜬 장소는 원래의 동굴이었다.

"크~ 윽. 이렇게 기절해도 되나 싶을 정도로 기절이 잦아."

투덜거리기는 했지만 송엽의 표정을 밝았다.

"강해질 수 있어."

검은 방은 온라인 게임의 대기실처럼 던전으로 들어가는 출입구였다.

토끼를, 사슴을 그리고 그 뒤에 나올 무언가를 사냥하면 경험치가 올라가 레벨 업을 하는 것도 온라인 게임과 같은 시스템이었다.

"게다가……."

주머니가 묵직했다.

"온라인 게임처럼 아이템도 떨어져. 돈이라고! 돈!"

검은 방을 누가 만들었는지 무슨 목적으로 만들었는지는 이미 알고 있었다.

'물론 팔찌와 반지를 만든 집단과 같은 집단일 거야.'

그렇지 않다면 송엽이 한 레벨 업의 이유를 설명할 수 없다.

송염은 다시 그 방에 가겠다고 결심했다.

검은 방에 가는 방법은 이미 알고 있다. 하지만 그 전에 준비가 필요했다.

Chapter 34
문수파의 하루

버퍼
Buffer

문수파의 문도들에게 주어진 하루 일과는 혹독했다.

아직 이슬을 피할 천막조차 마련되지 않아 각자 가져온 침낭에 의지해 밤을 넘긴 문도들의 기상 시간은 새벽 6시다.

문도들은 눈을 뜨자마자 해가 산등성이를 넘지 못한 새벽의 어스름한 어둠을 뚫고 연무장이라고 불리는 자갈밭에 집합한다.

그들을 맞이해 주는 사람은 언제나 총관 조덕구다.

조덕구는 마동식이 만들어준 문수권의 기초 초식을 김태호, 김민호 형제와 함께 시범하고 문도들에게 따라하게 했다.

태권도와 무척 흡사한 기초형을 버릇처럼 만들라는 문수권의 신조대로 100번 반복하면 그다음은 세면 시간이다.

문도들은 차가운 계곡물로 비 오듯 흐르는 땀은 씻어낸 후 아침 식사를 위해 다시 연무장에 모인다.

절약을 부르짖는 총관 조덕구의 신념에 따라 아침 식사는 시래기 된장국과 소금물에 담근 꽁보리 주먹밥 그리고 무짠지가 전부다.

조촐하다 못해 속 시린 아침 식사로 주린 배를 채운 문도들은 오전 수련에 들어간다.

오전 수련은 먼저 차량이 진입할 수 있는 마지막 위치인 산기슭까지의 구보로 시작된다.

숨이 턱이 차도록 달려 한 시간 반을 내려가면 거대한 자재 더미가 문도들을 반긴다.

문파의 얼굴이라 할 수 있는 조사전 중건과 문도들이 기거할 샌드위치 패널 구조의 막사 건설을 위해 사들인 자재들이다.

총관 조덕구는 건장한 성인남성 그것도 평소 무술로 단련된 50명을 그냥 놀릴 위인이 절대 아니다.

"건강한 신체가 문수권의 기본이다. 옮겨라."

문도들은 시멘트 부대와 나무 등의 자재들을 짊어지고 다시 산길을 세 시간에 거쳐 올라야 했다.

헉헉대며 문수파에 도착한 문도들은 지치고 배가 등 거죽에 붙을 정도로 허기져 있었다.

하지만 그들을 기다리는 점심은 없었다.

조덕구는 냉정하게 명령했다.

"다시 내려간다. 단, 다시 올라오는 시간은 지금으로부터 정확히 세 시간 뒤다."

말도 안 되는 명령이지만 이상하게도 정작 문도들의 표정은 밝았다.

그도 그럴 것이 문도들이 다시 내려가는 시간에 맞춰 자재가 쌓여 있는 공터에 작은 천막 식당이 서기 때문이다.

아침은 주먹밥, 점심은 건너뛰고 저녁 역시 주먹밥에 멀건 김치국이 전부인 문수파의 식단 가지고는 도저히 훈련을 빙자한 노동을 지속할 수 없었던 문도들에게 그 천막식당은 생명줄이나 다름없었다.

돼지불백 1인분에 만 원.

보쌈정식 1인분에 만 원.

비빔밥이 7,000원.

서울이라면 그저 그런 가격이지만 여긴 강원도에서도 산골 중의 산골이니 결코 싼 가격은 아니다.

게다가 양도 문도들이 사오 인분은 먹어야 포만감을 느낄 정도로 박했다.

하지만 배고프고 시간이 부족한 문도들에게 선택의 여지
란 없었다.

천막이 보이기 시작하자 문도들이 달리기 시작했다.

보통 한 사람이 사오 인분은 먹어치우다 보니 자칫 늦으면
허탕칠 수도 있어서다.

천막에 도착한 문도들이 주인인 나이 지긋한 할머니에게
소리를 질렀다.

"돼지 불백 3인분 주세요!"

"전 보쌈정식 4인분입니다!"

"저도 보쌈정식 4인분 주세요!"

"전 돼지 불백 4인분입니다!"

문도들은 대부분 힘이 날 수 있는 육류 메뉴를 선호했다.
하지만 어느 집단에나 그렇듯이 별종도 있었다.

"난 속이 안 좋아서 고추장 뺀 비빔밥이나 먹어볼까?"

"그것 가지고 되겠어? 지금 확실히 안 먹어두면 내일 점심
까지 못 버틴다고."

"그, 그렇지? 나도 돼지 불백 4인분."

"잘한 일이야. 체하더라도 먹고 체하는 편이 나아."

문도들의 나이는 이십대 후반에서 사십대 초반까지 다양
했지만 송염의 명령에 의해 모두 반말을 사용했다.

의외로 문도들도 송염의 지시를 잘 받아들여 이십대가 사

십대에게 스스럼없이 반말을 사용했고 사십대도 그런 이십대의 행동을 별로 불쾌하게 생각하지 않았다.

일반인이라면 받아들이기 힘든 조건을 이들이 쉽게 받아들인 이유는 문도들의 특성 때문이었다.

1대 문도들 대부분은 자신의 도장을 가지고 있는 관장들—당연히 뽑을 때부터 재력과 함께 향후 문수파의 확장을 위해 가장 중점적으로 본 사안이다—이었다.

그런 특성 때문에 문도들은 선후배 관계에 민감했고 자신들이 신흥 문파인 문수파의 1대 제자라는 사실에 엄청난 자부심을 느끼고 있었다.

그리고 어차피 향후 들어올 문도들은 모두 나이에 상관없이 자신들의 사제가 되기 때문이기도 했다.

희망은 있었지만 그렇다고 불만이 전혀 없을 순 없다.

식사를 마친 문도들은 여기저기 쓰러지듯 누워 짧은 오수를 즐기기도 하고 담소를 나누었다.

"정말 힘드네."

"힘들어도 참아야지 어쩌겠어. 여기 있는 50명은 그래도 이쪽 분야에서는 이름께나 날리던 사람들이야."

"그야 그렇지만 워낙에 빡세게 굴려대니……."

"우린 무협지에나 나오는 그런 무술을 배우고 있다고…….생각해 봐. 소림이나 무당 화산파의 제자들이 우리보다 약한

수련을 했겠나?'

"더하면 더했지 덜하진 않겠지."

"그것 보라고. 그러지 잔말 말고 열심히 하는 수밖에."

"하~ 난, 다른 무술은 몰라도 경공만 빨리 배웠으면 좋겠
다."

"왜 하필이면 경공이야?'

"스타퀸 안 봤어? 장문인께서 비공인이지만 100미터 한국
신기록을 세우셨다고. 모르긴 몰라도 본신의 실력을 전부 발
휘 안 하신 것이 분명해."

"아하~! 그래서 경공을 배워 세계신기록을 세우겠다? 돈
이네?'

"떼돈이지. 지금 우리 주머니에서 빠져나가는 돈은 아무것
도 아니라고."

"하긴, 난 UFC나 나가볼까? 누워서 떡 먹기겠군."

"UFC만이 아니야. 모든 스포츠를 우리 문수파가 석권할
날도 멀지 않았어."

문도들의 대화를 엿듣고 있던 총관 조덕구가 고개를 끄덕
였다.

그들의 대화가 일리 있다 느꼈기 때문이다.

'태상장로님께서 좋아하시겠는걸.'

조덕구는 열렬한 무협소설 애호가로 지금 자신이 맡은 임

무와 환경에 무척 만족하고 있었다.

휴식을 마친 문도들이 자재들을 짊어지고 다시 산을 오르
자 천막식당 주인 할머니가 슬그머니 조덕구에게 다가와 봉
투를 내밀었다.

"여기 있수."

"수고하셨습니다."

만족스런 금액이었다.

조덕구는 만면의 미소를 지으며 봉투를 주머니에 넣었다.

사실 이 천막식당은 조덕구 정확히 말하면 문수파에서 운
영하는 식당이고 할머니는 고용인에 불과하다.

'역시 태상장로님이셔.'

태상장로 송염은 동굴로 향하기전 총관 조덕구에게 다음
과 같이 말했다.

"문도는 가족이야. 가족은 내 주머니 네 주머니를 나누면 안
돼. 그렇다고 문파 체면이 있는데 처음부터 주머니를 함께 쓰자고
하면 반발이 있을지도 몰라. 그러니 말이야……."

눈치 빠른 조덕구는 이미 문수파의 실세가 장문인인 마동
식이 아니라 태상장로 송염이란 사실을 파악하고 있었다. 그

리고 송염이 돈에 무척 민감하다는 사실 또한 눈치챘다.

송염은 조덕구와 같은 과였다.

모처럼 전문분야에 종사하게 된 조덕구는 송염의 말을 최대한 '침소봉대' 해서 해석한 후 실천에 옮겼다.

"넘치는 것이 부족한 것보다 좋은 법이야. 특히 돈 문제는!'

소염의 사주(?)를 받은 조덕구는 무협지에 나오는 문파들이 거의 대부분 객잔을 운영해 수익을 얻는다는 '사실' 에서 힌트를 얻어 이 천막식당을 차렸다.

하루 영업시간은 불과 1시간 30분. 그 짧은 시간 동안 가칭 문수객잔은 엄청난 수익을 창출했다.

*　　　*　　　*

다시 연무장으로 돌아온 문도들을 기다리고 있는 일은 노동이다.

"너희도 알다시피 무술에 사용되는 근육과 노동에 사용되는 근육은 다르다. 문수권은 두 가지 근육을 모두 사용한다."

딱히 틀린 말도 아니었고 밤이슬을 맞고 자는 것도 신물이 난 문도들은 유일한 고용인인 늙은 목수의 지휘에 따라 해가

질 때까지 건축공사를 도와야 했다.

노동으로 해가 지면 저녁 식사 시간이다.

저녁은 소금 주먹밥인 아침보다야 낫지만 그렇다고 해도 도저히 농담으로도 맛있다고 말할 수도 없는 수준이다.

아침과 저녁이 이 모양 이 꼴인 이유는 조덕구의 세심한(?) 메뉴 선정 탓도 있었지만 순번제로 식사를 준비하는 문도들의 솜씨 탓이 더 컸다.

문도들은 정말 지지리도 음식 솜씨들이 없었다.

저녁 식사까지 마치고 나면 문도들은 다시 수련에 들어갔다.

저녁 수련 내용은 새벽과 같은 기초 초식의 반복이다.

취침시간은 10시다.

잘 절인 파절이처럼 늘어진 문도들은 씻을 생각도 못하고 침낭 속으로 들어가 잠을 청하곤 한다.

하지만 문도들이 입문해서 수련을 받기 시작한 지 정확히 일주일째 되는 날은 조금 달랐다.

저녁을 먹고 연무장에 모인 문도들 앞에 나타난 조덕구는 일전 기부금을 낸 열두 명의 문도를 별도로 불러냈다.

"너희는 오늘부터 장문인께 직접 사사를 받는다. 각오는 되어 있나?"

"그렇습니다, 총관님."

"당연합니다, 총관님."

"기다리고 있었습니다, 총관님."

평균 500만 원을 내고 다른 문도들과 똑같이 중노동을 강요받고 있던 기부자들은 가지고 있던 불만을 떨쳐 버리고 조덕구를 따라나섰다.

마동식은 송염에게 자신의 수련 장소를 뺏겨 버린 김민호와 김태호를 데리고 인근 계곡에서 수련에 열중하고 있었다.

김태호가 기절해 있는 김민호의 몸의 혈을 누르고 있는 마동식에게 물었다.

"언제까지 이렇게 기절해야 합니까? 기절이 버릇되겠습니다. 문주님."

"민호는 얼마 안 남았다. 하지만 태호 넌… 그동안 마시고 피워댄 술과 담배 덕분에 시간이 더 걸린다. 더 노력해야 한다."

김태호는 술 담배도 끊고 열심히 운동한 덕에 꽤나 체력이 좋아졌지만 거의 평생 동안 신체를 연마한 김민호를 따라잡을 수는 없었다.

"혼자 기절하는 건 아직도 못하겠습니다."

"걱정마라. 남을 기절시키다 보면 자연스럽게 요령이 생긴다."

열심히 한 동작을 반복해서 그 동작을 습관처럼 만든다.

전혀 의식하지 않아도 남들보다 빠르게 그러면서도 효율적으로 동작한다.

바로 요령이다. 그리고 문수권의 정수는 '요령'이었다.

"남이라고 해봤자 민호 하나뿐입니다. 이제 민호는 혼자서도 잘하던걸요."

"걱정마라. 네가 기절시킬 애들이 오고 있다."

"……."

마동식이 말한 애들은 물론 열두 명의 기부 문도다.

마동식은 일렬횡대로 서 바짝 긴장해 있는 문도들에게 말했다.

"너희는 자신의 의지로 속험법을 선택했다. 맞나?"

"그렇습니다, 문주님."

"맞습니다, 문주님."

"선택했습니다, 문주님."

"……."

문도들이 입을 모아 대답했다.

대답을 들은 마동식이 위압적으로 말했다.

"그럼 좋다. 이미 총관에게 들었겠지만 속험법은 매우 위험하다. 하지만 효과는 저안법에 비해 몇 배나 좋은 수련 방법이다. 다시 말해 문수파의 비전 중의 비전이란 의미다. 너희는 지금부터 보고 배운 비전을 그 누구에게도 발설하지 말아야 할 것이다. 만일 발설하면 그 즉시 파문될 것이며 내 손으로 무공을 폐하고 병신을 만들어 줄 것이다. 알았나?"

"알겠습니다, 문주님."

"명심하겠습니다, 문주님."

"……."

대답을 하면서도 기부 문도들의 표정에는 두려움이 가득했다. 그것은 마동식의 손에 들려 있는 다듬이 방망이 즉 홍두깨 때문이었다.

문도들은 그 홍두깨에 피가 묻어 있다는 사실에 주목했다.

그리고 마동식이 그 홍두깨를 김태호에게 넘기는 장면에 경악했다.

"총관과 김태호 그리고 여기 기절해 있는 김민호는 문수파의 1대 제자다. 당연히 너희들은 2대 제자다. 2대 제자의 교육은 1대 제자가 맡는다. 이는 문수파의 전통이다."

존재하지 않던 전통 하나가 마동식에 의해 새로 만들어졌다.

김태호가 홍두깨를 왼손에 탁탁 치면서 문도들에게 다가갔다.

"아프지 않아."

"……."

"움직이지만 않으면……."

"……."

"그리고 내가 실수하지 않으면……."

"……."

문도들의 시선이 홍두깨에 묻은 피에 고정되었다.

김태호가 하얀 이를 드러내며 웃었다.

"그러니 괜찮아."

"……."

딱!

여러 가지 이유로 기부금을 내지 않거나 못낸 문도들은 기부문도들이 별도 장소로 이동하자 내심 불안해하고 있었다.

"나도 기부금을 낼 걸 그랬나? 괜히 찝찝하네."

"그러게 말이야. 혹시나 하는 마음에 안 냈는데……. 영~ 마음에 걸려."

"난 낼 돈도 없고 솔직히 믿지도 않아."

"뭘 못 믿겠다는 말인가? 문수권은 절대로 사실이야."

"사실이란 걸 못 믿겠다는 말이 아냐. 단지 속험법이 있다는 말을 못 믿겠다는 말이지. 생각들 해봐. 문수권은 기의 무술이야. 기를 속성으로 쌓는 방법이 있을까?"

"무협지를 보면 나오지 않나? 평생 모은 공력을 제자에게 전해주고 죽는 스승이야기."

"그리고 사악한 대법으로 잠력을 폭발시켜서 단숨에 몇 갑자의 공력을 모으기도 하지."

"내 말이 바로 그 말이야. 우리가 말한 두 가지 방법이 현실에 존재할까? 만일 존재한다면 장문인께서 우화등선하시거나 사악한 사파라는 말밖에 안 돼. 그래서 난 속험법을 못 믿겠다는 말이야."

"흠……. 듣고 보니……. 그런데 장문인은 몰라도 총관은 사파 냄새가 나긴 나."

"크크크크, 그건 그렇지?"

그때 기부문도들이 돌아왔다.

돌아온 기부문도들을 본 문도들이 기겁을 했다. 기부 문도들은 머리에 자두만 한 혹을 수십 개씩 달고 있었다.

"무슨 일인가? 수련에 못 따라온다고 구타라도 당했나?"

"아, 아냐."

"아니긴……. 머리 꼴이 말아 아닌데?"

"아무것도 아니래도."

"어떤 수련을 받았기에 그래? 말 좀 해봐."

"비전을 말하라고? 나보고 죽으라고 해."

"……."

12인의 기부문도는 답답하고 억울해 죽을 지경이었다. 그들은 10시가 되도록 김태호에게 홍두깨로 구타를 당했다. 그렇다고 자존심이 있어 그런 말을 할 순 없었다. 물론 마동식의 협박도 주요했다.

Chapter 35
던전

동굴에서 돌아온 송염은 우선 조덕구부터 찾았다.

"태상장로님 생각보다 빨리 돌아오셨습니다. 폐관 수련에 성과는 있으셨습니까?"

"있었다. 그보다……."

조덕구가 대답 대신 얼른 장부 한 권을 내밀었다. 역시 조덕구의 눈치는 일품이었다.

"흠… 흠……."

장부를 살피던 송염의 안색이 안 좋아졌다. 우수리 빼고 장부상 잔액은 고작 3,000만 원.

"생각보다 적어."

"그럴 수밖에요. 조사전 중건부터 문도들이 기거할 집까지 지어야 하니 은근히 돈이 많이 들어가고 있습니다."

송염의 눈꼬리가 2시와 10시 방향을 향해 치켜올라갔다.

"설마 인부를 쓰는 건 아니겠지?"

"그럴 리가 있겠습니까? 목수 한 명 이외에는 모두 문도들을 동원하고 있습니다. 그리고 다음 달쯤 되면 문도 숫자도 늘고 자재대금 지불이 끝나니 쏠쏠하게 돈이 모일 겁니다."

그렇다면 다행이다. 속이 보인 것 같아 당혹스러웠던 송염은 헛기침을 하며 조덕구를 은근하게 불렀다.

"흠, 흠. 그렇다면 다행이고……. 그리고 총관."

"말씀하십시오, 태상장로님."

"혹시 금에 대해 좀 아나?"

"금이요? 좀이다뿐입니까? 꽤 안다고 자부합니다."

조덕구가 목에 두른 깡패의 상징인 굵은 금목걸이를 꺼내 보이며 대답했다.

"멋지네. 어디 한번 볼 수 있을까?"

"……."

조덕구의 눈빛에 낭패가 서렸고 그에 반해 송염의 눈은 초롱초롱 빛났다.

어쩔 수 없이 목걸이를 풀어 송염에게 건네는 조덕구의 손이 심하게 떨렸다.

"태상장로님⋯⋯."

"내가 말했었지? 문도는 가족이라고. 내가 금목걸이를 보고 탐이 나서 하는 말이 아니라 문파의 총관이라면 당연히 모범을 보여야 하는 법. 안 그래?"

"그, 그렇습니다."

"역시 총관이야. 이렇게 '흔쾌히' 금목걸이를 문파를 위해 내놓다니 말이야."

조덕구는 속으로 부르짖었다.

'빼앗아 간 거잖아, 이 도둑놈.'

조덕구의 마음이 어찌되었든 전혀 신경 쓰지 않는 송염은 다시 물었다.

"이 목걸이 가격이 얼마나 되나."

"24k 순금 20돈이라 400만 원이 좀 넘습니다."

"그래? 꽤 나가네. 그럼 이건 얼마나 나가겠는가?"

송염은 동굴에서 가져온 금화를 내밀었다.

조덕구는 금화를 받아들고 무게를 가늠하더니 말했다.

"금화는 1온스 금화인 것 같습니다."

"1온스?"

"원래 1온스는 28g이 살짝 넘습니다만 금은 별도로 트로이온스란 단위를 사용합니다. 트로이온스는 대략 31g 정도 되고 돈으로 환산하면 약 9돈입니다. 24k 순금 한 돈 가격을 20만 원으로 쳤을 때 금화 하나의 가격은 180만 원, 모두 열 개니까 1,800만 원입니다."

조덕구는 숨 한 번 쉬지 않고 단숨에 금화의 가격을 산출했다.

1,800만 원이란 소리에 송염이 물었다.

"총관은 깡패되기 전에 직업이 뭐였나?"

"백수였습니다."

"백수치고는 금에 대해 빠삭하군. 게다가 상식도 많고."

"부모님이 금은방을 하셨습니다. 무협지 읽기는 취미였고 대학은 경제학과를 나왔습니다."

"그런데 깡패 짓을 했다?"

"사정이 있었습니다."

조덕구는 이유를 말하지 않았다.

"흠……."

송염도 더 이상은 묻지 않았다.

사람에게는 저마다 사연이 있는 법이고 송염 자신도 비밀이 있긴 마찬가지다. 송염이 자신의 비밀을 알려줄 마음이 없는 이상 조덕구의 비밀은 그의 것이다.

지금 송염에게 중요한 점은 조덕구가 문수파에 헌신하고 있다는 사실이이다. 송염에게는 그보다 중요한 것은 없다.

"2,200만 원이군."

송염은 자연스럽게 조덕구의 목걸이와 금화의 가격을 합해 말했다.

"그, 그렇습니다."

조덕구도 목걸이를 상납했다는 현실을 인정했다.

"처분할 수 있겠어?"

"금은 현금입니다. 그냥 가까운 금은방에 가져가면 됩니다."

"목걸이는 상관없는데… 금화가 걸려. 앞으로도 많이 가져올 거거든."

"금화가 더 있습니까?"

"확실한 건 아니지만 아마도……."

"부모님을 통하면 처분할 수 있을 겁니다. 금은방은 그만두셨지만 지인 분들이 운영하는 금은방이 있으니까요."

"그럼 됐어. 총관이 알아서 처리해줘."

"알겠습니다. 맡겨주십시오."

조덕구와 대화를 마친 송염은 마동식을 찾아 동굴에서 자신이 겪은 일들을 모두 이야기해 주었다.

이야기가 거대 토끼에 이르자 마동식이 지극히 현실적인 반응을 보였다.

"너 약 먹었나?"

"아냐, 사실이야. 나 그 동굴에서 2레벨이나 레벨 업을 했다고."

"2레벨?"

"그래. 볼래?"

송염은 마동식에게 헤이스트 버프를 자신에게는 마이 헤이스트 버프를 걸었다.

몸을 움직여 본 마동식의 표정이 변했다.

"멋진 버프다. 축하한다. 하지만 아쉽다. 나도 함께했으면 좋았을 텐데…… 실전이 아닌 수련만으론 한계가 있다."

"함께할 수 있어."

송염은 붉은 문 안에 있던 사슴과 노란 문에 대해 설명했다.

말이 끝나기도 전에 마동식이 자리에서 일어났다.

"가자."

"그래, 나도 너와 함께 가려고 돌아온 거야. 하지만 그전에 준비할 물건들이 있어."

"준비?"

"던전은 한 개가 아니야. 우리가 그 안에서 얼마나 있을지 모르잖아. 그래서 철저한 준비가 필요해."

송염은 조덕구에게 명령해 우선 시내로 나가 캠핑 도구를 구입하고 음식과 연료, 그리고 일전 곤혹스러웠던 식수도 충분히 챙기게 했다.

반쯤은 산더미처럼 쌓인 물품들을 옮기는 것은 당연히 백두단의 몫이었다.

동굴 가득 물품들을 쌓아올린 송염은 연꽃 좌대에 올랐다.

그 모습을 보던 마동식이 물었다.

"너야 그렇다 치지만 나와 짐도 옮겨진다는 보장이 있나? 손이라도 잡아야 되는 것 아냐?"

"일전 난 배낭을 저쪽 구석에 벗어 놓았었어. 그런데 깨어나 보니 그 배낭도 옮겨졌더라고. 모르긴 몰라도 이 방 전체의 물건이 모두 옮겨지는 것이 맞을 거야."

"그렇다면 난 기다리고 있으면 되겠네."

"그래, 그 전에 한 가지 할 일이 있다."

"……"

송염은 영문을 모르는 마동식에게 홍두깨를 건넸다.

"기절시켜."

"이걸로 되는 거냐?"

"돼."

"알았다."

마동식이 홍두깨를 휘둘렀고 송염은 기절했다.

송염이 기절하자 팔찌에서 변화가 생겼다.

팔찌는 평소와 달리 송염의 몸속에 흡수되지 않고 살아 있는 뱀처럼 풀려 나왔다.

뱀은 잠시 송염의 몸에 머문 후 내려와 연꽃 좌대 위에 뚫린 구멍들을 들어갔다 나왔다 하길 반복했다.

그러길 한참, 연꽃 좌대에 변화가 생기기 시작했다.

좌대를 감싸고 있는 연꽃잎이 살아 있는 것처럼 회전하며 다물어지고 펴지기 시작했다.

슈우우우우웅!

회전 속도는 점차 빨라져 연꽃잎이 하나의 선으로 보일지경이었다.

우우우우우웅!

그리고 빛이 있었다.

눈을 뜨기 힘들 정도로 밝은 빛이 연꽃에서 뿜어져 나와 동굴을 가득 채웠다.

스팟!

동시에 마동식은 기절했다.

먼저 정신을 차린 사람은 송염이었다. 예상대로 마동식과 동굴 속 물품들은 모두 검은 방으로 옮겨져 있었다.

송염은 기절해 있는 마동식을 깨웠다.

"일어나라."

"끄으으응! 여기냐?"

깨어나 몸을 푼 마동식이 주변을 살피며 물었다. 송염은 빨간 문을 가리키며 대답했다.

"저 문을 통과하면 사슴이 보일 거다."

"······"

송염은 마동식에게 구입해온 튼튼한 부엌칼을 건넸다.

"받아라."

"이건 뭐하려고?"

"사슴을 손으로 잡을래?"

"당연하지, 난 사냥이 아니라 수련을 위해 온 거다."

"좋도록 해라. 그럼 버프는?"

"버프도 사양이다. 먼저 부딪쳐 보겠다."

송염은 들었던 손을 내렸다. 어째 주객이 전도된 느낌이었다.

'아냐, 어쩌면 이것이 버퍼의 숙명일지도. 하지만!'

송염은 빨간 문을 열고 나가는 마동식의 뒤를 따랐다. 송염은 웃고 있었다.

'토끼의 경우에 비추어 봤을 때 저 사슴도 보통 사슴이 아닐 것이 분명해.'

송염의 예상은 적중했다.

먼저 건드리지 않으면 반응하지 않는 사슴이다.

그래서 마동식은 먼저 천천히 다가가 사슴의 몸을 살짝 건드렸다.

그러자…….

푸르르륵! 푸륵!

자극을 받은 사슴이 미쳐 날뛰었다.

사슴은 뒷발길질과 앞발질을 동시에 시전하는 엄청난 묘기를 보여주었고 그것도 모자라 '물기'까지 사용했다.

"사슴이 문다!!"

긴장은 했지만 긴장과는 별도로 가벼운 마음이었던 마동식은 처참하게 차이고 짓밟히기 시작했다.

푸르르륵!

푸르륵!

마동식이 사슴의 누런 이빨을 피하며 소리쳤다. 얼마나 급했는지 안 쓰던 북한 사투리까지 사용했다.

"이~ 익! 저놈의 사슴새끼, 종간나 사슴 아님둥?"

"그러게 내가 함께해야 한다고 했잖아."

송염은 얼른 마동식에게 스톤스킨 버프를 걸어주었다.

"스톤스킨!"

이제 마동식은 9분간 무적 상태다.

"기술 연습해라."

"아, 알았다."

고통이 사라지자 덩달아 두려움이 사라지고 흐트러졌던 집중력이 생겨났다.

이는 이어진 전투에서 엄청난 이점으로 작용했다.

두려움을 떨쳐 버린 마동식은 정신을 다시 차리고 사슴과의 전투를 시작했다.

푸르르르륵!

달려드는 사슴의 몰골은 정말 가관이었다.

호수같이 맑은 사슴의 눈은 당장에라도 피가 흐를 것처럼 붉게 물들었고 미친개라도 되는 것처럼 입에서는 누런 거품이 줄줄 흘러내리고 있었다.

푸륵!!

마동식은 사슴의 돌진을 가볍게 피했다.

사슴은 기다렸다는 듯 뒷발길질을 감행했다.

맞아도 아프지 않다는 사실을 알고 있는 마동식의 행동에는 망설임이 없었다.

마동식은 사슴의 몸통을 끼고 빙글 돌며 다리로 사슴의 앞발을 차버렸다.

지탱하던 발에 충격을 받자 사슴이 비명을 지르며 넘어갔다.

쿠웅!

사슴이 넘어지자 마동식은 사슴의 몸을 덮치듯 달려들어

손으로 뒷다리를 잡았다.

"파앗!"

그리고 사슴의 뒤발에서 가장 가는 부위인 발목을 각목 격파하듯 가격했다.

빠각!

푸르륵!

듣기 싫은 소리와 함께 사슴의 발목이 기묘한 방향으로 꺾였다.

사실상 전투는 그것으로 끝이 났다.

마동식은 고통에 몸부림치는 사슴의 나머지 다리들도 차근차근 꺾어 버렸고 마지막으로 목젖에 수도를 박아 숨통까지 끊었다.

꾸엑!

사슴이 마지막 단말마를 지르고 절명하자 송염은 소감을 말했다.

"질린다."

마동식이 손에 묻은 피를 바지춤에 닦으며 대꾸했다.

"내 몸을 강철로 만든 네가 더 질린다."

질리든 말든 사슴은 죽었고 더 많은 사슴이 남아 있었다.

"좋아. 얼른 일어나라. 버프 아직 7분 넘게 남았다. 떨어지기 전에 다음 놈부터 잡자."

"알았다."

버퍼 한 번으로 세 마리의 사슴을 잡은 두 사람은 잠시 휴식을 취했다.

"그리고 이번부터는 헤이스트 버프를 줄게. 너 사냥하는 모습을 보니까 안 다친다는 생각 때문에 긴장감이 없어 수련이 안 될 것 같다. 몸이 빨라지는 편이 아마 수련에 도움이 될 것 같다."

"동의한다."

마동식의 대답을 들은 송염은 다시 부엌칼을 내밀었다.

"그리고 실전에 익숙해지기 전에는 이걸 쓰는 편이 낫겠다."

"알았다."

이번에는 마동식도 별말없이 부엌칼을 받아 들었다.

헤이스트 버프를 받은 마동식은 조금 전의 무대포 방식을 버리고 자신의 체형과 어울리는 가볍고 빠르면서 좀 더 세밀한 공격을 시작했다.

버프를 바꾸고 만난 다음 사슴은 변화된 신체에 적응하지 못한 덕에 악전고투해야 했지만 결국 목에 칼을 박아 넣음으로서 잡을 수 있었다.

마동식이 헤이스트에 적응하자 두 번째 사슴은 좀 더 잡기 쉬웠고 그다음 사슴은 더더욱 쉬웠다.

40분짜리 버프 한 번으로 네 마리의 사슴을 잡은 송염과 마동식은 잠시 휴식을 취한 다음 다시 수련을 빙자한 학살을 시작했다.

그렇게 그날 하루 송염과 마동식이 잡은 사슴은 모두 열네 마리였다.

마동식이라는 막강한 딜러가 생기자 버퍼인 송염은 할 일이 없었다. 그저 마나 양과 버퍼의 쿨타임만 확인하고 뒤로 물러나 마동식이 위험한 상황에 처하면 스톤스킬 버프를 써주면 그만이었다.

그 덕에 저녁 준비는 숨을 헐떡거리는 마동식 대신 송염의 몫으로 돌아왔다.

마동식의 먹성에 맞춰 라면 다섯 개를 끓이던 송염이 투덜거렸다.

"이상하네. 사슴이 경험치를 더 많이 줄 것 같은데……. 레벨 업을 안 해."

온라인 게임 용어를 전혀 모르는 마동식이 할 수 있는 말은 뻔했다.

"무슨 말인지 모르겠다."

"그런 게 있어. 레벨이 오를수록 경험치가 더 많이 필요해서 그런가 보다."

"무슨 말인지 모른다고 했다."

"그냥 넘어가. 라면 다 끓었다! 먹자."

동굴에서 먹는 라면 맛은 일품이었다. 물론 다섯 개로는 턱없이 부족해 마동식은 별도로 다섯 개의 라면을 더 끓여 먹었다.

그렇게 먹고도 입맛을 다시는 마동식에게 송염이 물었다.

"너 짐승 처리해 본 적 있어?"

"그렇다. 백두산에 있을 때 사부가 사냥해 온 산짐승들 처리는 내 몫이었다."

"잘됐다. 그럼 저 사슴가죽 좀 벗기고 고기 좀 토막 내줘라."

"어디 쓰게?"

송염은 어깨를 으쓱하며 별일 아니라는 듯 말했다.

"문도들 먹이는 것도 다 돈이다. 이 정도 사슴 고기면 식비가 엄청 절약될 거야."

"……."

사슴의 처리는 송염의 생각보다 오래 걸리지 않았다.

마동식은 능숙한 손길로 가죽을 벗기고 내장을 분리한 다음 사슴 고기를 토막 냈다.

쌓여 가는 사슴 고기를 보며 송염은 만족스러운 미소를 지었다.

"다음에 올 때는 소금도 많이 가져와야겠다. 고기를 절여 놔야 쉽게 안 상하지."

"······."

짠돌이 왕소금 송염의 행동이 질렸는지 마동식은 아무런 대꾸가 없었다.

동굴은 이전 토끼 굴보다 두 배쯤 길었지만 갈림길이 없어 길을 헷갈릴 염려는 없었다.

사슴도 토끼에 비해 두 배쯤 많아 쉰두 마리였고 이 사슴들을 모두 잡는 데 꼬박 5일이 걸렸다.

동굴 끝에는 역시나 가죽옷을 입고 두발로 서 있는 신장이 거의 2미터 50센티 정도 되는 사슴이 빨간 문을 지키고 있었다. 이 거대 사슴은 크기뿐만이 아니라 다른 사슴과 구별되는 특징을 하나 가지고 있었다.

그것은 바로 뿔이었다.

지금까지의 사슴은 모두 뿔이 없었지만 이 거대 사슴의 머리에는 최소 1미터는 되어 보이는 나뭇가지 모양의 뿔이 위압적으로 나 있었다.

"저놈이다."

"···기가 차다는 말은 이때 하는 거구나."

"크크크크. 준비하자."

송염은 패스트 워크, 퍼펙트 타깃, 헤이스트 삼종 버프를 마동식에게 사용했다.

"이번에도 스톤스킨은 위험하면 쓸게."

"알았다."

마동식이 부엌칼을 들고 거대 사슴에게 다가갔다.

푸르르륵!

마동식을 발견한 거대 사슴의 눈꼬리가 올라갔다. 천진난만했던 푸른 눈도 붉게 물들었다. 비누만 한 크기의 앞니 두 개도 유난히 누렇게 빛났다.

그 모습을 보던 송염이 중얼거렸다.

"언제 봐도 적응이 안 된다는 말이지."

마동식을 발견한 거대 사슴이 지축을 흔들며 뿔이 달린 머리를 쑥 내밀며 달려들었다.

쿵, 쿵, 쿵, 쿵!

마동식은 오른손에 든 부엌칼을 아래로 내리고 왼손 바닥을 펴서 쑥 내밀고 있었다.

"조심해라."

"알았다."

대답과 함께 마동식이 용수철이 튕기듯 튀어 나갔다.

푸르르르르!

그런 마동식이 가소롭게 보였는지 거대 사슴이 비웃는 웃음소리를 내며 거대한 뿔을 흔들었다.

그리고 마동식과 거대 사슴이 격돌했다.

충돌은 없었다.

"웃차!"

마동식은 지면을 미끌어지며 왼손으로 뿔을 잡고 옆으로 비켜섰고 그 탄력으로 거대 사슴을 휘감아 돌며 등에 올라탔다.

그 모습은 잘 짜인 시나리오를 연기하는 배우의 동작처럼 매끄러웠고 멋있기까지 했다.

송염은 투덜거렸다.

'버퍼는 절대로 저런 동작은 못하겠지?'

그렇다고 버퍼가 싫은 것은 아니었다. 마동식이 저런 서커스 같은 동작을 할 수 있는 단 하나의 이유는 자신의 버프 덕분이기 때문이다.

마동식이 등에 올라타자 거대 사슴이 미친 듯 날뛰었다. 평생(?) 단 한 번도 누군가를 등에 태워보지 못한 짐승의 발광은 무섭다는 생각이 들 정도로 격렬했다.

푸르르륵!!!

마동식은 지체하지 않았다. 그는 단숨에 부엌칼을 사슴의 후두부에 박아 넣으려 했다.

시도는 실패로 돌아갔다.

거대 사슴은 마동식을 떨치기 위해 격렬하게 몸을 흔들었고 그 반동으로 겨냥이 빗나간 부엌칼이 거대 사슴의 후두부가 아닌 사슴의 왼쪽 어깨 죽지에 박혔다.

푹!

푸르르륵!!

한 번의 실수는 곧장 위기로 이어졌다.

거대 사슴이 몸을 비틀자 마동식은 부엌칼을 놓쳐 버리고 등에서 떨어지고 말았다.

그런 마동식을 거대 사슴이 통나무 같은 다리로 밟아갔다.

이 모든 일들이 찰나에 일어났다.

만병통치약처럼 사용하던 스톤스킨 버프를 사용하려던 송염은 뜻밖의 상황에 놀라 급하게 다른 버프를 궁리했다. 거대 사슴이 마동식과 송염 사이에 서 있어 마동식을 겨냥할 수 없어서다. 스톤스킨 버프 대신 송염이 선택한 것은 윈드 볼이었다.

"윈드 볼!"

윈드 볼이 날아가 거대 사슴을 강타했다. 충격을 줄 순 없었지만 중심을 흩뜨려 놓을 순 있었다.

순간 비틀거린 거대 사슴의 다리가 아슬아슬하게 마동식의 몸을 빗겨 땅에 꽂혔다.

쿵!

마동식은 정신없이 몸을 굴려 거대 사슴의 다리에서 벗어났다.

송염은 그제야 마동식에게 스톤스킨 버프를 걸었다.

"스톤스킨!"

그리고 뒤이어 자신에게도 버프를 걸었다.

"마이 헤이스트!"

몸이 가벼워졌다. 최소한 거대 사슴의 공격을 피할 순 있을 것 같았다.

공격은 꿈도 못 꾼다. 그저 마동식이 공격할 수 있도록 거대 사슴의 주의를 끄는 것이 전부다.

"야~! 이 못생긴 돼지 같은 사슴 새꺄~!!"

푸릭! 푸르르르릭!!

송염의 시도는 성공했다. 거대 사슴이 물러서는 마동식을 뒤로하고 송염에게 달려들었다.

"윈드 볼! 윈드 볼!"

송염은 연속으로 윈드 볼을 날렸다.

보이지 않는 윈드 볼을 연속으로 맞은 거대 사슴이 비틀거렸다. 중심을 잃고 주의를 뺏긴 거대 사슴 그리고 스톤스킨 버프를 받은 마동식!

그것으로 충분했다.

마동식이 거대 사슴에게 달려들어 디딤발에 로우킥을 날

렸다.

쿵!

빠각!

거대 사슴의 발목이 꺾였다.

마동식은 그대로 뛰어 오르며 쓰러지는 거대 사슴의 턱에 강대한 니킥을 작렬시켰다.

쾅!

빠각!

거대 사슴의 시뻘건 눈이 핑그르르 돌았다.

그것으로 전투는 끝이었다.

마동식은 부엌칼을 찾아 기절해 버린 거대 사슴의 목을 땄다.

푸숙!

그리고 거대 사슴의 목에서 뿜어져 나오는 피를 뒤집어쓰며 송염에게 물었다.

"이놈도 가죽 벗길까?"

"......"

가죽은 벗기지 않기로 했다.

송염은 정중하게 마동식의 제안을 거절했다.

"두 발로 걷는 사슴같이 해괴한 것을 먹었다간 식중독에 걸릴지도 몰라."

"흠, 특별한 맛일 것 같은데……."

그래도 마동식은 못내 아까운지 연신 입맛을 다셔댔다.

송염은 그런 마동식의 기분을 달래줄 겨를이 없었다.

'아싸!'

몸이 차가워졌다.

드디어 기다리던 레벨 업인 것이다.

기절하고 깨어난 송염은 자신이 버퍼 Lv4임을 자각했다.

하지만 새로 얻은 버프들을 점검하며 얼굴이 점점 구겨졌다.

"빌어먹을."

레벨 업은 했지만 모든 버프가 기존 버프였다. 물론 조금씩 성능(?) 향상은 있었지만 새로운 버프는 하나도 없었다.

실망한 송염은 마지막 희망을 담아 거대 사슴의 주머니를 뒤졌다.

"……."

없었다.

다시 뒤졌다.

"……."

정말로 아무것도 없었다.

"젠장!"

그 모습을 보고 있던 마동식이 물었다.

"왜 그래?"

"없어."

"뭐가?"

"금화. 금화가 없다구."

"있어야 하는 거냐?"

"……."

송염은 마동식을 바라보았다. 마동식은 가끔가다가 문제의 본질을 꿰뚫는 질문을 할 때가 있다. 물론 마동식은 전혀 그런 사실을 모른다.

마동식의 말이 맞았다.

언제나 금화가 있다는 보장은 어디에도 없다.

소염 스스로의 착각이었던 것이다.

"크크크크, 내 복에……. 레벨 업 한 것으로 만족해야겠다. 그리고 동식아."

"왜?"

"다음에는 희진이도 데려오자. 뒤에 서만 있어도 경험치를 먹으니 폭렙할 거다."

마동식이 가는 눈을 끔벅대며 물었다.

"폭렙은 또 뭐냐."

"……."

두 사람은 빨간 문을 열고 검은 방으로 돌아왔다.

검은 방에는 지금까지 손질해 놓은 사슴 고기와 가죽이 산더미처럼 쌓여 있었다.

송염은 우선 다음 경험치 덩어리, 즉 몬스터의 정체를 파악했다.

"……."

다음 몬스터는 멧돼지였다.

"좀 크다."

"그러게."

멧돼지는 송아지만큼 컸고 입을 삐져나온 송곳니는 단검같이 날카롭고 길었다.

"가자, 연구 좀 해봐야겠다."

"알았다."

두 사람은 노란 문을 열었다.

정신을 차렸을 때 두 사람은 사슴 고기와 함께 동굴에 누워 있었다.

조덕구가 송염을 바라보며 어이없다는 표정으로 물었다.

"사냥은 불법인 거 모르십니까? 한두 마리도 아니고 가죽을 보아하니 대충 쉰두 마리는 되어 보입니다."

"눈썰미 좋네. 맞아 정확히 쉰두 마리야. 그리고 불법이 아니니까 걱정 붙들어 매."

"절!대!로! 사셨을 리는 없고 어디 사슴농장이라도 터신 겁니까?"

"큼! 그렇다고 해두지. 뭐해? 옮겨."

"……."

"……."

"……."

백두단 세 사람은 산더미처럼 쌓인 고깃덩어리와 송염을 번갈아 바라보았다. 그들의 눈에는 불신과 반항심이 가득했다.

그도 그럴 것이 동굴에서 문수파까지는 험한 산길로 네 시간을 꼬박 걸어야 한다.

이 모든 사슴 고기를 나르려면 못해도 오륙일은 걸릴 것이 분명했다.

그 모습을 본 송염은 마동식에게 비꼬듯 말했다.

"문파 꼴 좋~ 다! 1대 제자란 놈들이 자그마치 태상장로의 말을 꼭꼭 씹어서 꿀꺽 삼켜 버리네."

마동식의 눈썹이 역 팔자를 그렸다.

그 모습을 본 백두단이 얼른 고개를 숙이며 빌었다.

"잘, 잘못했습니다."

"다시는 안 그러겠습니다."

"문주님."

마동식의 일장 연설이 터져 나왔다.

"잘들 생각해라. 우리는 신생문파다. 신생문파의 1대 제자가 어떤 존재인지는 너희가 더 잘 알 것이다. 그런 너희 백두단이 겨우 이 정도 시련을 회피하려 하다니……. 이 문주는 저 북한괴뢰도당의 총탄에 돌아가신 조사님들을 볼 면목이 없다."

"하겠습니다."

"저희 생각이 짧았습니다."

"지금 갑니다."

백두단이 사슴 뒷다리 두 개씩을 들고 뛰어 사라졌다.

"동식이 너 말 많이 늘었다?"

"크크크크, 염이 네 덕분이지."

"크크크크."

오대산으로 온 송염은 마동식에게 선물을 주었다. 선물의 정체는 무협지들이었다. 그때 송염은 이렇게 말했다.

"넌 북한에서 성장해서 문파나 문파의 구조 문주에 대해 아무 것도 몰라. 그러니 이것들 읽고 공부해라."

공부는 성과가 있었다. 어느새 마동식은 역시 무협지 광인 조덕구에 버금가는 무협지 마니아가 되어 있었다.

Chapter 36
힐러

버퍼
Buffer

　희진은 레벨 업을 하러 던전에 가자는 송염의 제안을 기꺼이 받아들였다.

　"안 그래도 휴학까지 생각 중이었어. 이런저런 사람이 너무 많이 찾아와서 도무지 공부를 할 수가 있어야지. 친구들에게도 미안하고."

　희진이 오대산으로 간다는 말을 들은 크리스티나가 말했다.

　"저 혼자 어떻게 지내요. 무서워요."

　송염은 생각했다.

'펙이나.'

그래도 어쩔 수 없었다. 크리스티나를 혼자 서울에 남겨두긴 도무지 마음이 놓이지 않았다.

크리스티나의 한국 적응과 그에 따른 외로움을 걱정하는 건 절대 아니었다. 오히려 송염의 걱정은 너무나 완벽하게 적응한 크리스티나의 성격에 있었다.

이미 크리스티나는 순진한 희진을 데리고 클럽까지 진출한 상태였다.

'믿을 수가 있어야지.'

천방지축.

그것은 크리스티나의 성격을 나타내기 위해 창조된 단어가 분명했다.

데려가긴 데려가더라도 다짐은 받아야 했다.

"불편할 거야. 잠잘 곳도 마땅치 않고……."

"걱정 말아요, 오빠. 내가 이렇게 도시적으로 생겼어도 태생은 산골소녀랍니다. 어렸을 적부터 나무하기, 열매따기, 버섯채집, 토끼잡이 안 해본 일이 없어요. 살기도 전기도 안 들어오는 나무 오두막에서 살았구요."

"알았다. 절대로 투정부리지 않는다고 약속하며 데려가마."

"약속! 약속!"

"……."

*　　　*　　　*

송아지만 한 멧돼지가 득시글거리는 다음 던전은 부엌칼
만으로 통과할 수 있는 난이도가 아니었다.

가정 먼저 생각나는 도구는 수렵용 엽총이었지만 수렵기
간이 아니면 관할 경찰서에 보관해야 하고 무엇보다 수련의
목적이 사라져 포기했다.

도검 구입도 망설여지긴 마찬가지였다. 일정 길이 이상의
도검은 엽총과 마찬가지로 신고가 필수다.

구입할 수 없다면 방법은 하나, 만드는 것뿐이다.

방어구와 무기는 단단하고 강하면서도 가벼워야 한다.

중세시대 갑옷의 경우 풀 세트가 40㎏을 넘었다고 한다.
하지만 현대의 금속재료는 그 두 배의 강도를 보장하면서도
무게는 절반 이하인 갑옷이 제조가 가능하다.

"철중이에게 가자."

"왜?"

"무기 만들러!"

"……."

송염은 우선 강철중에게 전화를 걸었다.

"철중아, 나다."

"산속에 틀어박혀 꿈쩍도 안 하더니 무슨 바람이 불어서 전화를 다 주냐?"

"부탁할 일이 있어서……."

"부탁할 일이 있을 때만 전화하고……."

"미안하다. 그렇게 됐다."

"후후후후, 농담이야. 무슨 일인데?"

"검 하고 창 하고 갑옷을 만들어야겠다."

"그 던전 때문이야?"

"맞아, 이번 던전은 송아지만 한 크기의 멧돼지다. 맨몸으론 답이 없다."

"흠, 알았어. 언제 올 건데?"

"나야 빠르면 빠를수록 좋지. 오늘 당장 어때?"

"하긴 상관없다. 언제라도 와라."

"요즘도 일이 없어?"

"다 그렇지 뭐. 저녁때 보자."

"그래. 저녁 먹지 마라. 내가 쏘마."

"오래 살 일이네. 알았어. 기다릴게."

*   *   *

저녁 식사 장소는 일전 송염과 강철중이 식사를 했던 오리탕 잘하는 가든식당으로 정해졌다.

평소와 다름없이 마씨 남매와 강철중은 오리고기를 흡입했고 송염과 크리스티나는 그런 세 사람을 경의의 눈빛으로 바라보았다.

오리 네 마리와 오리탕 한 그릇으로 시장기를 달랜 희진이 강철중에게 물었다.

"아버님은 좀 어떠셔, 오빠?"

"아무래도 올해를 넘기긴 힘드실 것 같아."

"걱정이 많겠다. 참 좋으신 분인데……."

"안 그래도 스타퀸에서 희진이 널 보시곤 네 이야기 많이 하시더라."

"그래? 그럼 이럴 게 아니라 가자."

"가긴 어딜 가?"

"병원, 지금 출발하면 저녁 면회시간에 꼭 맞을 거야."

"괜찮아. 그럴 필요까진 없어."

"무슨 소리! 모두 일어나. 출발."

일행 중 희진의 말에 거역할 힘을 가진 사람은 아무도 없다.

희진의 선언으로 일행은 황급히 식사를 마치고 강철중의 아버지가 입원해 있는 병원으로 향했다.

이미 암이 전신으로 퍼져 가망이 없어진 강철중의 아버지는 일반 병실이 아닌 호스피스 병동에 계셨다.

아버지는 일행을 반갑게 맞아주셨다.

"병실이 북적북적하니 참 좋구나. 허허허허."

생각 이상으로 좋아하시는 아버지를 보며 강철중의 눈시울이 붉어졌다.

송염은 잠자코 그런 강철중의 어깨를 두드려 주었다.

오히려 눈물을 참지 못한 사람은 희진이었다.

아버지의 주름지고 딱딱한 손을 어루만지던 희진은 더 이상 참지 못하고 눈물을 흘리며 병실을 빠져 나갔다.

뒤따라 나가 보니 희진은 복도 구석에서 울고 있었다.

"흑흑흑흑."

"……."

송염은 그런 희진을 위로할 말을 찾지 못했다. 희진은 강철중의 아버지의 약해진, 그래서 살 한 점 없이 가죽과 뼈가 맞닿은 마른 모습에 자신의 부모님이 최후를 투영하고 있었다.

희진은 아버지와 어머니가 굶어 죽는 처참한 모습을 목격했다.

그리고 그녀 자신도 죽음의 사신과 키스를 나누었다.

스스로 죽음을 인식하는 순간.

그 사실을 알면서도 옴짝달싹할 수 없는 무기력감.

공포, 좌절, 분노, 체념.

그 처참함을 글로 표현한다는 것은 오만이다.

희진이 눈물을 닦더니 말했다.

"나 지금 정말로 후회하고 있어."

"뭘?"

"기절이 싫어서, 쉬 소리가 싫어서 수련을 게을리한 일. 난 내가 가진 가능성을 포기했어. 아버님이 저렇게 아프신 건 내 탓이야."

"절대 아냐. 아니란 사실 너도 알잖아. 그리고 힐러는 어차피 암은 못 고쳐."

"그래도 몸을 정상으로 돌릴 순 있어. 몸이 건강하면 암과 싸울 기력이 생겨."

"그야 그렇지만……."

희진이 말했다.

"나 기절시켜 줘."

"……."

"지금 당장! 이대로 아무것도 못 하고 다시 사랑하는 사람을 보낼 순 없어."

희진의 표정에는 어떤 결의가 서려 있었다.

송염은 그런 희진의 말을 거부할 수 없었다.

"아플 거야."

"상관없어."

송엽은 희진을 비어 있는 병실로 데려가 기절시켰다. 30여 분 후 깨어난 희진은 다시 말했다.

"한 번 더!"

"희진아."

"한 번 더!"

이길 수 없었다.

송엽은 다시 한 번 희진을 기절시켰다.

두 사람이 보이지 않자 찾아온 일행이 그 모습을 발견했다.

송엽은 조용히 말했다.

"너희 먼저 공장에 가 있어라. 희진이가 좀 진정되면 데려갈게."

기절한 희진과 딱딱하게 굳은 표정의 송엽을 번갈아 바라보던 마동식이 말했다.

"그래, 알았다. 희진이를 부탁한다."

"그리고 철중아, 너 온라인 게임 광이지?"

"광까진 아니고 마니아라고 할 수 있지."

"그럼 우리가 입을 갑옷과 무기 좀 생각해 놔라. 인터넷에서 갑옷 사진을 검색해 봤는데 통 감이 안 오더라."

"나한테 맡겨라. 그쪽은 내 전문분야야."

송엽은 크리스티나에게도 다짐을 받았다.

"크리스틴도 오빠들 말 잘 듣고 얌전히 있어야 한다."

평소라면 토씨를 몇 개쯤 달았을 크리스티나도 오늘만은 그렇지 않고 순순히 송염의 말에 따랐다.

"응, 알았어요. 오빠."

그렇게 일행이 떠나고 얼마 지나지 않아 희진이 깨어났다.

"……."

"……."

송염은 그녀를 다시 기절시켰다.

그녀의 약지에 끼워져 있는 반지가 작은 실뱀 모양으로 변해 몸으로 스며드는 장면은 몇 번을 보아도 신비로웠다.

"이 팔찌도 저 반지처럼 변하겠지."

희진의 노력은 성공했다.

세 번째 기절에서 깨어난 후 희진은 오한을 느꼈다. 송염은 시트를 희진의 몸에 감아주며 말했다.

"성공이야, 희진아."

"추워……."

"조금만 참아. 이제 더워질 거야."

"응."

추위와 열기가 오가고 희진은 다시 기절했다 깨어났다.

희진은 밝은 표정으로 말했다.

"나 이제 초급 힐러야."

희진은 자신이 얻은 스킬을 설명해 주었다.

—힐러 마스터리 Lv1

종류:패시브 스킬.

힐을 사용할 수 있다

—코스튬 마스터리 Lv1

종류:패시브 스킬.

직업에 맞는 옷을 입으면 마나 사용량이 최대 50퍼센트까지 감
소한다.

—마나 차지 Lv1

종류:패시브 스킬.

스킬을 사용할 때 필요한 마나가 서서히 차오른다.

텅 빈 상태에서 완전히 마나가 차는 시간은 12시간이다.

—힐 Lv1

종류:액티브 스킬.

자신과 대상의 체력을 25퍼센트 채운다.

소모 마나는 총 마나 양의 10퍼센트다.

─피스 Lv2

종류:반지 기본 스킬.

대상의 마음에 평화가 깃들게 만들어 공격욕구를 사라지게 만든다.

물리적인 충격을 받으면 효과는 사라진다.

하루에 6번 사용할 수 있다.

반지 소지자의 위치를 기준으로 밤 12시 사용횟수가 리셋 된다.

힐과 코스튬 마스터리 외에는 팔찌와 거의 흡사한 스킬들이 생성되었다.

"힐은 알겠는데, 코스튬 마스터리는 뭐지? 직업에 어울리는 옷이라니……."

"힐러 하면 나풀거리는 로브 같은 걸 입지 않나? 그런 옷을 말하는 거겠지."

"그런가?"

"자, 가자. 네가 배운 힐이 효과가 있는지 확인해 봐야지."

"응, 오빠."

두 사람이 병실을 나가자 간호사 스테이션에서 야간 당직을 서고 있던 간호사가 화들짝 놀라 소리쳤다.

"두 사람 거기서 뭐하는 거예요? 여기가 어딘 줄 알아요?"

남녀 간의 은밀한 행위를 한 것으로 오해한 모양이다. 게다가 여기는 죽음을 앞둔 환자들이 생의 마지막을 정리하는 호스피스 병동이다.

"죄송합니다."

"경비를 부르기 전에 빨리 나가요."

"알겠습니다! 그 전에!"

"어딜 가요!"

"미안합니다."

송염은 막아서는 간호사를 밀쳐 내며 강철중의 아버지 병실로 들어가 희진을 들여보내고 문을 막아섰다.

"이 사람이!!! 미쳤어요? 안 비켜요?"

"잠시만요. 정말로 잠시면 됩니다."

송염은 간절하게 말했다. 그때 병실 문의 조그만 창문으로 밝은 빛이 새어 나왔다.

스팟!

빛은 네 번 계속되었다.

그리고…….

희진의 목소리가 들렸다. 그녀는 울고 있었다.

"흐흐흐흑! 염 오빠."

"……."

송염은 문을 열고 병실로 들어갔다.

여전히 눈물을 흘리고 있는 희진과 일어나 침대에 걸터앉은 강철중의 아버지의 모습이 보였다.

등 뒤에서 간호사의 목소리가 들렸다.

"세상에……."

송엽은 웃으며 말했다.

"아버님, 좋아 보이네요."

아버지가 오른손을 굽혀 알통을 만들며 말했다.

평생을 쇠와 함께 살아온 세월을 보여주듯 알통이 불끈 솟
아올랐다.

"나 원참, 무슨 일인지……. 이렇게 몸에 힘이 있어 본 적
이 언제였는지 기억도 잘 안 나는구나."

"좋은 일입니다. 좋은 일이고 말구요. 그렇지, 희진아?"

"응, 오빠. 정말 잘된 일이야."

일행이 기쁨은 만끽하고 있을 때 간호사가 당직의사를 데
려왔다.

의사는 도저히 믿을 수 없다며 날이 밝는 대로 검사를 해봐
야겠다고 말했다.

연락을 받은 강철중이 뛸 듯이 기뻐한 것은 당연하다. 강철
중은 단숨에 병원으로 달려왔고 아버지의 손을 잡고 눈물을
흘렸다.

그렇게 그날 밤이 지났다.

하룻밤을 꼬박 새운 일행은 근처 펜션을 빌려 기분 좋은 낮잠을 즐겼다.

*   *   *

오후가 되자 병원에서 아버지의 옆을 지키던 강철중이 검사결과를 가지고 돌아왔다.

"암 세포는 그대로야. 하지만 체력이 너무 좋아지셔서 지금까지 중단했던 항암치료를 다시 시작할 수 있을 거라고 그러더라."

"정말 잘됐다. 앞으로도 희진이가 수시로 달려와 힐을 해드리면 힘든 항암치료도 훨씬 견디기 쉬우실 거다."

"정말 고맙다, 염아."

"무슨 소리냐. 왜 나한테 고마워 해? 고마워하려면 희진이에게 해야지."

"이 모든 일들이 너로부터 시작되었잖아."

쑥스러웠다.

그래서 송염은 농담을 걸었다.

"크크크, 좋아! 그럼 갚아!"

"어……. 어떻게?"

"무기와 갑옷!"

"흐흐~ 걱정마라. 안 그래도 어젯밤에 애들이랑 의논해서 시안을 뽑아 놓았다."

강철중은 세 종류의 갑옷과 역시 세 종류의 무기가 그려진 스케치 몇 장을 꺼내 보여주었다.

송염은 갑옷과 무기의 디자인보다는 도안 옆에 적힌 주기 사항을 꼼꼼하게 읽었다.

"음? 의외로 갑옷이 전 금속제가 아니네?"

"알아본 바에 의하면 중세시대 갑옷을 현대에 재현하는 건 한국에선 힘들어."

"판금 갑옷을 만들어 본 기술자가 없다는 말이군."

"동식이도 금속제 갑옷보다는 가볍고 동작이 불편하지 않는 종류가 좋다고 하더라고. 그래서 생각해 낸 방식이 카본 파이버 적층구조야."

"내부는 케블러와 아르미드로 안감을 덧대고 외부에도 중요 부위에 티타늄 판재를 티타늄 볼트로 고정시킨다. 총알도 튕겨내겠군. 정말 괜찮아. 제작기간이 얼마나 걸릴까?"

"자동차 튜닝용 카본 부품을 만드는 공장을 알아. 설계하고 몰드는 우리 공장에서 만들면 되니까. 서두르면 대략 일주일?"

딱히 급한 일도 없으니 시간은 충분하다. 멧돼지를 넘어 그 다음에 나올 짐승까지 감안한다면 시간을 들이더라도 좋은 방어구가 필수다.

송엽은 무기도 살폈다.

"난, 장검. 동식이는 도신 길이 40센티짜리 중검 두 자루 그런데 희진이는 50센티 길이의 지팡이 겸 둔기?"

"힐러니까. 힐러는 검 들고 설치는 게 아냐. 그리고 무기는 모두 스프링 강으로 만들어서 열처리를 할 거야. 중세 시대 장검보다 경도가 이삼십 퍼센트는 더 나올 테지."

온라인 게임광인 강철중이 그렇다면 그런 것이다.

송엽은 고개를 끄덕였다.

"좋아. 여기에 더해서 나와 희진은 방패가 있었으면 해. 재질은 갑옷과 같게 하면 되고."

"알았다. 그런데 말이야."

강철중이 말꼬리를 흐렸다.

"왜 무슨 할 말 있어?"

송엽이 되묻자 강철중은 난감한 표정을 지으며 한 장의 스케치를 더 꺼내 놓았다.

스케치는 손바닥만 한 상, 하의만으로 이뤄진 비키니 갑옷과 어깨에 달린 망토를 그린 것이었다.

"이거 뭐야?"

"크리스틴."

"크리스틴?"

"웅, 한사코 만들어 달라고 해서."

송염은 고개를 저었다.

"안 된다고 해. 아냐 그럴 게 아니라 내가 말해야겠다. 한 두 푼 드는 것도 아니고 우리가 코스플레이를 하려고 갑옷을 만드는 것도 아니잖아."

"돈은 상관없어. 아버지 기력을 되찾아준 은혜는 돈으로 환산 불가능해."

"쓸데없는 소리. 네 공장에서 만드는 것도 아니고 다른 공장에 의뢰한다며, 그리고 네 공장 요즘 힘든 것 다 알아."

"그야……."

"하여튼 넌 신경 쓰지 말고 장비나 잘 만들어줘. 크리스틴은 내가 알아서 할게."

"알았다."

송염은 크리스티나의 갑옷을 그린 스케치를 다시 한 번 살폈다. 아무리 봐도 방어란 개념이 전혀 없는 무개념한 갑옷 디자인이다.

"장난도 아니고……. 흠……."

송염은 판타지 온라인 게임의 여성 캐릭터는 헐벗을수록 방어력과 능력치가 높아진다는 말을 들은 기억을 떠올렸다.

'혹시… 회진의 코스튬 마스터리가 이런 옷을 말하는 건 아닐까?

실험해 봐서 손해 볼 것은 없다 싶었다. 게다가…….

'보고 싶기도 하고…….'

그런 이유로 송염은 애초의 결정을 뒤집고 희진의 몸매에 사이즈를 맞춘 비키니 갑옷 한 세트를 만들게 했다.

치수는 갑옷을 위해 정밀하게 측정해 놓은 것들이 있어 희진의 승낙(!)을 받을 필요는 없었다.

또한 희진은 일주일에 한 번씩 호스피스 병동을 나와 일반 병실로 옮기신 강철중의 아버지를 방문해 힐을 시전하기로 결정했다.

자신의 갑옷(?) 제작이 캔슬된 사실을 들은 크리스티나의 반발은 대단했다.

"왜 안 된다는 거예요? 나도 그 수련이란 걸 하고 싶어요."

"안 돼!"

송염은 딱 잘라 거부했다. 크리스티나는 포기하지 않았다.

"이유를 말해줘요."

"이유는 없어."

"억지예요."

"나 그래도 돼."

"무슨 자격으로……."

송염은 크리스티나의 맑고 푸른 눈을 똑바로 바라보며 말했다. 언젠가 해주고 싶었던 말이고 이 순간 해야 할 말이기도 했다.

"난 네 오빠니까. 오빠니까 그래도 돼."

"……."

나이로 의견을 억누르는 것은 천성에 맞지 않았지만 송염은 개의치 않았다. 크리스티나는 송염의 가족이었다. 그녀의 성격이 감당하기 힘든 면이 있었지만 그렇다고 해서 가족이란 의미가 퇴색되는 것도 아니었다.

오빠니까란 대답을 들은 크리스티나가 복잡한 감정을 드러냈다.

"알았어. 오! 빠! 하지만 후회할 거야."

"……."

그녀는 대꾸할 틈도 주지 않고 사라져 버렸다.

Chapter 37
파티

Buffer

　강철중이 완성된 장비들을 가지고 오대산 문수파에 나타
난 것은 그로부터 열흘 후였다.

　송염을 만난 강철중은 대뜸 자신도 파티에 끼어 던전에 가
겠다는 선언을 해왔다.

　"나도 끼자."

　"회사는 어떻게 하고."

　"아버지가 다시 출근하셨어. 병원은 지긋지긋 하시다고 부
득불 퇴원하시겠다고 우기셔서……."

　"아무리 그래도……."

"보통이라면 한 달에 한 번 받는 항암치료를 희진이의 힐 덕분에 일주일에 한 번씩 받을 수 있어서 의사도 그렇게 하라고 하더라."

암보다 항암치료가 환자의 몸을 더 쇠약하게 만드는 경우가 허다하다. 인간 존엄성을 위해 항암치료 대신 호스피스 병동으로 옮기는 환자가 있는 이유도 그 때문이다.

하지만 항암치료를 받은 후 바로 힐을 시전하면 독한 항암제의 부작용이 사라지니 더 강한 약을 더 자주 마음 놓고 쓸 수 있다.

강철중이 다시 말했다.

"희진이의 힘에 대해 물으시기에 대충 말씀드렸어. 내 것이 될 수도 있었는데 거부했다고. 그랬더니 후회 안 하냐고 물으시더라고."

"……."

"후회는 없다고 말씀드렸다. 하지만 돌아서 생각해 보니 아쉬움이 남더라. 그 모습을 본 아버지가 네가 하고 싶은 일을 하라고 말씀해 주셨어. 아버지의 제안을 거부할 수 없었어. 아니, 거부하기 싫었어. 염아! 난 너희와 함께하고 싶어."

"네 심정은 잘 알겠어. 하지만 우리와 달리 넌 목적이 없어. 힘만 들고 돈은 좀 벌겠지만 너 자신의 발전은 없다는 말이야."

"상관없어. 나 그저 평범한 일상에서 탈출해 자유를 만끽하고 싶을 뿐이야."

송염은 순하디순해 보이는 강철중의 가슴속에 거대한 활화산 같은 용광로가 끓고 있다는 사실을 안다.

더 이상의 만류는 불필요하다는 생각이 들었다.

송염은 마지막으로 다짐했다.

"위험할지도 몰라."

"상관없어."

앞으로의 던전 탐험을 위해 많은 조합을 연구해 보고 있었다.

역시 가장 필요한 직업은 선두에서 적의 공격을 막고 붙들고 있을 탱커였다.

마동식은 전형적인 딜러였지 탱커는 아니었고, 버퍼인 송염과 힐러인 희진은 전체적으로 상황을 주시할 위치에 있어야 했다.

그래서 대답은 하나였다.

"좋다. 함께하자."

기다리던 대답을 들은 강철중의 표정이 밝아졌다. 그는 크리스마스날 아침 트리 아래 놓인 선물을 열어보는 아이의 표정으로 가지고 온 짐들을 풀어 놓았다.

그 짐 중 가장 눈길을 끄는 것은 단연 희진의 몸 정도는 가뿐하게 감출 만한 크기의 대형 방패였다.

"아무리 생각해도 난 탱커가 맞을 것 같아서 너희 장비 만들면서 내 것도 만들었지.

"탱커 하면 방어력! 방어력 하면 방패란 말이군."

"그렇지?"

강철중은 계속해서 자신이 입을 갑옷과 투구도 보여주었다.

"기본은 너의 갑옷처럼 카본 파이버에 케블러와 아라미드 안감을 사용했어. 대신 두께를 다른 갑옷의 두 배 이상으로 했지. 그리고 티타늄 판도 두께와 면적을 대폭 늘렸어. 투구도 풀 페이스로 만들었고."

"민첩성과 방어력을 바꾼 거다?"

"맞아."

몸은 둔해지겠지만 방어력만은 최고, 그것이 바로 강철중의 장비였다.

며칠 후 시작된 멧돼지 사냥은 온라인 파티 사냥의 정석을 보는 것 같았다.

우선 전투는 송엽의 버프로부터 시작되었다.

송엽은 먼저 헤이스트를 파티원에게 시전했다. 이에 마동

식과 강철중에게는 퍼펙트 타깃과 패스트 워크 버프가 더해
졌다.

"철중아! 도발!"

송염의 명령을 받은 강철중이 방패를 앞세우고 튀어 나가 멧
돼지의 머리를 자신의 무기인 철 곤봉으로 힘차게 가격했다.

쾅!

쿠에에에엑!

멧돼지의 눈알이 붉어짐과 동시에 전투가 시작되었다.

물론 전투는 쉽지 않았다.

아무리 버프를 받고 튼튼한 갑옷을 입고 방패를 들었다고
는 하지만 기본적으로 강철중은 일반인이었다.

송염은 멧돼지의 공격과 동시에 명령을 내리기 시작했다.

"동식이 공격! 희진이는 탱커에게 힐 한 방!"

희진의 힐은 강철중의 고통을 덜어주었고 마동식의 공격
은 멧돼지의 후두부에 명중했다.

푹!

쿠에에에에엑!

문자 그대로 돼지 멱따는 소리가 던전을 가득 채웠고 멧돼
지가 쓰러졌다.

사냥은 송염의 마나와 쿨타임이 허용하는 한 쉬지 않고 이

뤄졌다.

사냥은 순조롭게 이어졌고 희진은 두 번에 걸친 레벨 업을
했다.

"광렙이군."

송염은 희진이 얻은 스킬들을 주의 깊게 받아 적었다.

—힐러 Lv1

—코스튬 마스터리 Lv2

종류:패시브 스킬.

직업에 맞는 옷을 입으면 마나 사용량이 최대 55퍼센트까지 감
소한다.

—마나 차지 Lv2

종류:패시브 스킬.

스킬을 사용할 때 필요한 마나가 서서히 차오른다.

텅 빈 상태에서 완전히 마나가 차는 시간은 10시간이다.

—힐 Lv2

종류:액티브 스킬.

자신과 대상의 체력을 25퍼센트 채운다.

소모 마나는 총 마나 양의 9퍼센트다.

─안티 포이즌 Lv1

종류:액티브 스킬.

자신과 대상의 독에 의한 경미한 중독을 치료한다.

소모 마나는 총 마나 양의 25퍼센트다.

─피스 Lv3

종류:반지 기본 스킬.

대상의 마음에 평화가 깃들게 만들어 공격욕구를 사라지게 만
든다.

물리적인 충격을 받으면 효과는 사라진다.

하루에 7번 사용할 수 있다.

반지 소지자의 위치를 기준으로 밤 12시 사용횟수가 리셋 된다.

─힐러 Lv2

─코스튬 마스터리 Lv3

종류:패시브 스킬.

직업에 맞는 옷을 입으면 마나 사용량이 최대 60퍼센트까지 감
소한다.

—마나 차지 Lv3

종류:패시브 스킬.

스킬을 사용할 때 필요한 마나가 서서히 차오른다.

텅 빈 상태에서 완전히 마나가 차는 시간은 8시간이다.

—힐 Lv3

종류:액티브 스킬.

자신과 대상의 체력을 25퍼센트 채운다.

소모 마나는 총 마나 양의 8퍼센트다.

—그룹 힐 Lv1

종류:액티브 스킬.

자신과 동료의 체력—최대 5인—을 동시에 50퍼센트 채운다.

소모 마나는 총 마나 양의 50퍼센트다.

—피스 Lv4

종류:반지 기본 스킬.

대상의 마음에 평화가 깃들게 만들어 공격욕구를 사라지게 만
든다.

대상이나 시전자가 물리적인 충격을 받으면 효과는 사라진다.

하루에 8번 사용할 수 있다.

반지 소지자의 위치를 기준으로 밤 12시 사용횟수가 리셋 된다.

희진의 스킬들을 정리한 송염은 그 리스트를 몇 번이고 다시 읽었다.

"정체도 모르는 코스튬 마스터리는 계속, 연속해서, 하염없이, 주구장창 나오고 새로운 스킬은 두 개, 안티 포이즌과 그룹 힐."

긍정적으로 생각하면 좋다고도 말할 수 있는 스킬들이다.

하지만 걸리는 점이 있었다.

"앞으로 어떤 적이 나올지 모르니 안티 포이즌도 필요할지 몰라. 막말로 뱀을 잡아야 할지도 모르니까. 그런데 '경미한' 이란 단어가 걸려. 그룹 힐도 좋아. 동시에 여러 마리의 적을 상대해야 할 경우도 생길 테니까. 그런데 그룹 힐은 한 번 사용에 50퍼센트란 어마어마한 마나 소모량이 마음에 안 들어."

사냥을 하면 할수록 송염은 마나 부족을 실감하고 있었다. 그래서 내심 희진의 스킬 중 마나의 채워주거나 마나 양 자체를 늘려주는 스킬이 있기를 바라고 있었다. 그런데 그 바람이 보기 좋게 빗나갔다.

실망하는 송염과 달리 희진은 마냥 좋은 모양이었다.

"힐을 많이 써도 되겠다. 좋아! 좋아!"

뭐가 좋은지는 모르지만 희진은 좋아를 외치며 즐거워했다.

희진의 좋아하는 모습을 보던 송엽은 한 가지 아이디어를 떠올렸다.

'좋아, 돈이 되겠어.'

쉬는 시간에는 멧돼지를 처리했다.

멧돼지 고기는 모조리 돈이었다.

처리된 고기들은 미리 준비한 비닐봉지에 담긴 뒤 대차에 실려 검은 방으로 옮겨졌다.

"문도들이 무척 기뻐할 거야."

송엽은 희희낙락했다.

마동식이 송엽의 의견을 부정했다.

"아니다. 사슴 때도 억지로 먹는 걸 내 두 눈으로 똑똑히 봤다."

"배가 불렀군. 고기를 마다하고……."

"문도 대부분이 음식을 해본 경험이 없어서 워낙에 요리 솜씨들이 없다. 그리고 고기 자체에 산짐승 특유의 누린내가 심하게 배어 도저히 먹을 수가 없는 지경이었다."

"멧돼지는 괜찮을 거야. 멧돼지도 돼지는 돼지잖아."

"멧돼지는 사슴보다도 더 누린내가 심하다."

희진은 마동식과 생각이 달랐다.

"사람들이 배가 불러서 그래. 함바집인지 문수객잔인지가 있으니 도무지 노력을 안 하잖아. 멀쩡한 밥을 놔두고 사먹다니, 북한에서는 상상도 할 수 없는 일이야. 그리고 멧돼지가 얼마나 맛있는데."

강철중은 희진 편이었다.

"멧돼지 고기는 나도 맛있게 먹은 기억이 있는데?"

희진이 손을 걷어붙였다.

"내장탕 만들어 줄게. 기대해. 둘이 먹다 둘 다 배가 터져 죽어도 좋을 만큼 맛있다구."

송염으로선 대환영이다.

사슴의 경우에는 모든 내장을 땅을 파고 묻었다. 당연히 버릴 것이라고 생각했던 멧돼지 내장을 모두 활용할 수 있다면 문수파의 재정에 상당한 도움이 될 것이다.

희진은 우선 멧돼지의 대장과 소장에 붙은 노란 기름을 제거한 다음 뒤집어 굵은 소금으로 박박 씻었다.

열심히 내장을 손질하던 희진이 송염을 불렀다.

"염 오빠~!"

"왜?"

"이것 좀 봐봐. 멧돼지가 유리를 먹었나봐."

"그래? 손질하다 다치는 것 아냐? 조심해라."

희진의 손에는 손톱의 4분의 1정도 되는 크기의 작고 투명한 유리 조각이 들려 있었다.

송염은 희진에게서 받은 유리 조각을 살폈다.

"유리가 아닌 것 같은데? 사람의 손길이 닿았어."

그것은 단순히 유리판이 깨져 생긴 조각이 아니었다. 유리 조각은 사람이 심혈을 기울여 연마한 보석, 특히 다이아몬드 처럼 보였다.

확인하는 방법은 간단하다.

송염은 스마트 폰을 꺼내 강화유리 표면에 유리 조각을 그 었다.

찌이이이익!

그 소리는 송염이 어렸을 적 들었던 어떤 소리에 대한 기억 을 떠올리게 했다.

유리가게 아저씨가 다이아몬드 칼로 유리를 자를 때 나던 바로 그 소리다.

유리 조각이 너무도 간단하게 강화유리에 흠집을 냈다.

"…설마……."

흥분한 송염은 배낭을 뒤져 유성펜을 찾았다. 그리고 그 펜 으로 유리 조각 표면에 살짝 금을 그었다.

선은 종이에 그은 것처럼 매끈하게 그려졌다.

유리라면 절대 이렇게 매끈하게 그려지지 않는다.

유리 표면에 유성펜으로 금을 그으면 중간중간 멍울지고 끊어지고 만다.

"다이아몬드다!"

송염은 소리쳤다.

송염의 말에 다가온 강철중이 다이아몬드를 한참 만지작거리더니 말했다.

"일전에는 금화, 이번엔 다이아몬드. 속칭 득템이네. 온라인 게임에서 몬스터가 아이템 떨구는 것과 같아. 다른 점은 그 습득 방법이 엄청나게 현실적이란 점이지."

송염의 귀에는 강철중의 설명이 들어오지 않았다. 송염은 오직 한 생각에 사로잡혀 자기 자신을 심하게 자책하고 있었다.

"토끼도, 사슴도 모두 배를 갈라봐야 했어. 내 실수야."

"지나간 일은 어쩔 수 없어. 이제부터라도!"

"모든 내장을 샅샅이 뒤져야지. 절대로 놓치면 안 돼."

콩알의 절반쯤 되는 크기의 다이아몬드 가격이 얼만지는 모른다. 하지만 비싸다는 사실만은 안다.

한마디로 득템인 것이다.

"축하해야 해."

희진은 다시 요리를 시작했다. 희진은 흥분하면 배가 고파지는 타입의 여자였다.

대장과 소장을 준비한 희진은 큰 냄비에 대장을 큼직하게 썰어 넣고 한소끔 끓여 그 물은 버리고 맑은 물로 다시금 끓였다.

그리고 이윽고 물이 끓어오르자 굵은 대파와 양파를 손가

락 세 마디 크기로 큼직큼직하게 썰어 넣고 감자도 사등분해
서 넣었다.

그렇게 넣은 감자가 포슬포슬하게 익자 이번에는 고춧가
루와 마늘을 듬뿍 넣고 졸이기 시작했다.

"마지막 간은 된장으로 해야 해."

큰 수저로 하나 가득 된장을 풀어 넣자 멧돼지 내장 전골이
완성되었다.

요리는 전골 하나가 아니었다.

희진은 미리 받아 굳혀둔 신선한 선지와 다량의 파와 마늘,
양파, 감자 다진 것, 그리고 멧돼지의 뒷다리 살을 잘게 썰어
섞었다.

송염은 희진이 어떤 음식을 만들려 하는지 눈치챘다.

"너 순대 만들려고 그러는구나?"

"맞아. 멧돼지 순대가 얼마나 맛있는데."

"순대가 이렇게 뚝딱 만들어지는 음식이었나?"

송염의 질문에 희진이 재료들을 마구 섞으며 대꾸했다.

"조리 순서를 알고 거기에 더해 먹겠다는 일념이 있으면
모든 음식은 뚝딱 만들어져."

"……."

모든 재료가 준비되자 희진은 소장을 뒤집어 그 안에 만들
어둔 재료를 꽉꽉 채워 넣었다.

"숙주가 없어서 아쉽네."

"모르는 소리! 원래 순대는 숙주 따윈 안 들어가는 음식이라구. 내장과 피와 고기 그리고 냄새를 제거하기 위한 약간의 향신료면 끝이야. 때에 따라선 밥을 넣기도 하지만."

"……."

"난 한국에 와서 가장 놀란 일이 순대에 들어간 당면을 보고 나서야."

"……."

"도대체 당면을 왜 넣는 거야? 아니 그보다 왜 내용물이 전부 당면이야?"

한참을 열변을 토하던 희진은 완성된 순대를 끓은 물에 넣고 삶기 시작했다.

좋은 냄새와 함께 순대가 끓기 시작하자 터지지 않게 구멍도 냈다.

"완성됐어. 맛있을 거야. 먹자."

희진의 장담대로 두 가지 요리는 무척 맛있었다. 다만 송염의 입맛에는 담백함이 강조되어 싱겁게 느껴지는 것이 흠이었다.

송염의 감상을 들은 희진이 쏘아붙였다.

"먹지 말든지! 나 먹을 것도 부족해."

마동식과 강철중도 희진의 편이었다.

"맛있다."

"맛있기만 하네."

식충이 세 마리가 요리를 먹어치우는 속도는 빛보다 빨랐다. 송염은 잘못하면 굶을 수도 있겠다는 불안감에 휩싸였다.

"아, 아냐, 먹을게."

싱거우면 소금에 찍어 먹으면 된다. 소금이 질리면 막장에, 막장이 물리면 초장에 찍어먹어도 된다.

어쨌든 순대와 내장탕은 맛있었다.

하긴 다이아몬드를 득템했는데 뭐가 맛이 없을까? 아마도 지금의 송염에게는 내장 안의 오물까지도 향기롭게 느껴질 것이 분명했다.

식사를 마치고 이어진 다이아몬드를 찾겠다는 처절한 노력들은 결국 수포로 돌아갔다.

그 전에 잡은, 그리고 그 후에 잡은 모든 멧돼지의 내장을 샅샅이 뒤졌지만 더 이상의 다이아몬드는 발견되지 않았다.

이제 남은 희망은 유일하게 남은 거대 두발 멧돼지였다.

네 명의 팀플레이는 60마리가 넘는 멧돼지를 잡아오며 달련되어 거대 두발 멧돼지도 쉽게 잡을 수 있었다.

털썩!

거대 두발 멧돼지가 거구를 땅에 누였다.

송염은 얼른 거대 두발 멧돼지의 주머니를 뒤졌다.

"……??!! 나이스!"

있었다.

차갑고 둥글며 납작한 그것이 있었다.

송염은 얼른 동전을 꺼냈다. 그리고 실망했다.

"젠장!"

동전은 노란색으로 빛나는 금화가 아니었다. 옅은 푸른색 녹이 슬어 있는 동전은 구리로 만들어진 동화였다.

송염의 손에 들린 동전을 본 강철중이 말했다.

"완전 온라인 게임이네. 거지 몬스터에, 보석에, 금화에, 동화에……."

"그러면 뭐해? 금화가 아니면 쓸모없는 물건일 뿐이야."

"아마도 염이 네가 저주받은 캐릭인가 보다."

"……."

저주받은 캐릭터!

송염도 들어본 적이 있다. 온라인 게임상에서 장비 강화는 시도하는 대로 실패하고 아이템 복은 지지리도 없어 온갖 잡 동사니만 주워 먹는 캐릭터를 말한다.

"아니다. 실망하긴 일러."

송염은 다이아몬드를 흔들었다. 그리고 덧붙였다.

"앞으로도 이런 놈이 더 나올 것이 분명하거든."

다이아몬드도 얻었고 금화도 얻었다. 금화만 얻었을 때는 순전히 운이라고 치부할 수 있었지만 다이아몬드까지 얻은 이젠 아니다.

던전에는 보물이 숨어 있다.

그 보물은 눈을 부릅뜨고 열심히 놓치지 않고 살피는 자에게만 보인다.

"그래도 멧돼지 고기를 버릴 순 없어. 옮기자."

"……."

"……."

"……."

일행은 열심히 움직여 검은 방으로 멧돼지 고기를 옮긴 다음 빨간 문을 열고 다음 상대를 확인했다.

"곰이네."

"……."

"……."

"……."

그것도 신장이 2미터도 훌쩍 넘어 보이는 불곰이었다.

불곰과 송염의 시선이 마주쳤다.

쿠와와와왕!

안 그래도 붉은 곰의 눈이 더 붉어졌다. 그리고…….

쿵! 쿵! 쿵! 쿵!

붉은 곰이 송염을 향해 득달같이 달려왔다.

뒤에서 강철중이 소리쳤다.

"선공 몹이다."

선공 몹은 적을 인식하면 먼저 공격하는 몬스터를 의미한다.

곰이 달려드는 기세는 거대한 탱크가 굴러오는 것처럼 위압적이었다.

'아직 준비가 안 됐어.'

송염은 얼른 문을 닫으려 했다.

그때 희진이 소리쳤다.

"피스!"

청명한 하얀빛이 희진의 손에서 뿜어져 나가 붉은 곰을 감쌌다 사라졌다.

그리고 그 순간!

곰이 웃었다.

푸르르르릉!

"……."

"……."

"……."

"……."

조용히 문을 닫은 송염은 물었다.

"철중아, 너 버틸 수 있겠냐?"

"저놈에게 한 방 맞으면 버프 때문에 죽진 않겠지만 하늘 끝까지 날아갈걸?"

사실이었다.

멧돼지의 공격도 힐과 버프로 겨우 견딘 강철중이다. 이에 더해 멧돼지의 공격은 항상 직선이여서 매우 단순했다.

공격방법이 언제나 일정하니 방어도 쉬웠다.

하지만 붉은 곰의 공격은 멧돼지의 단순한 들이받는 공격과 달리 손과 이빨을 이용한 때리고, 물고, 할퀴고, 미는 등 다양할 것이 분명했다.

'빌어먹을 아버지, 이럴 때 탱커용 아이템 하나 떡하니 보내주면 얼마나 좋아.'

탱커용 아이템이 없는 이상 방법은 하나뿐이었다.

"철중아, 나가면 동물의 왕국 많이 봐라. 그리고 방패 밑에 송곳 같은 것도 달아서 땅에 박아 버틸 수 있게 수정도 좀하고."

"알았어. 철저하게 준비할게."

어떤 상대든 철저히 준비하면 이길 수 있다. 송염은 그렇게 생각하며 노란 문을 열었다.

Chapter 38
문수 피부 클리닉

오늘은 문수파가 두 번째 문도를 받아들이는 날이다.

즉 돈이 들어오는! 송염에게 매우 중요한 날이란 이야기다.

송염은 모자를 깊게 눌러쓰고 새벽부터 모여든 문도 지망생들 틈에 끼어 서 있었다.

그가 이런 행동을 하는 이유는 희진 때문이었다.

최근 송염은 희진을 볼 때마다 한 가지 위화감을 느끼고 있었다.

'너무 조용해. 그래서 더 이상해. 희진이가 산으로 들어온

이상 남은 방법은 하나뿐이지. 문도로 위장해서 잠입하는 것.'

그 위화감의 정체는 SN엔터테이먼트였다.

SN엔터테이먼트는 희진과 계약하기 위해 송염과 마동식을 습격한 전력이 있다.

그만큼 희진을 원하고 있다는 이야기다.

그런데 그날 이후 움직임이 사라졌다.

희진에게 물어봐도 학교로 찾아온 기획사 관계자 중에서 SN엔터테이먼트에서 온 사람은 없었다는 대답이 돌아왔다.

송염은 문도 지망생들의 대화를 주의 깊게 엿들었다.

문도 지방생들은 삼십대 중반부터 사십대 초반까지의 장년층과 이십대 초반에서 삼십대 초반까지의 청년층으로 나눠서 모여 있었다.

소염은 우선 장년층이 모인 곳으로 다가갔다.

"이번 달엔 꼭 뽑혀야 할 텐데……. 지난달 시험에서 떨어진 후 도장으로 돌아갔더니 관원들이 관장님은 왜 안 뽑혔냐고 물어보는데 할 말이 없더라고."

"나도 마찬가지였네. 어찌나 꼬치꼬치 캐묻던지 위장병이 도질 지경이었다고."

"우리 도장 애들 중 몇 명은 1차로 뽑힌 관장이 있는 도장으로 옮긴다고 하더라고……. 어찌어찌 둘러대긴 했는데……. 이번 달에 또 못 뽑히면 이만저만 낭패가 아닐세."

"나돌세. 그런 애들이 도장의 중심 아닌가. 몇 년씩 꼬박꼬박 관비를 내는 아이들이니……."

"어쩔 수 없는 일이지. 무술 좋아하는 아이들 치고 문수파 모르는 아이들은 없으니……. 내가 제자가 되어 정식으로 간판을 얻으면 상관없지만 그렇지 못하면 아이들은 문수파 간판을 찾아 떠날 걸세."

"하~ 이러지도 못하고 저러지도 못하고……."

관장인 듯 보이는 사람들의 대화를 듣던 송염은 내심 미소를 지었다. 관장들의 걱정은 곧 송염의 기쁨이었다.

송염은 좀 더 나이가 어려 보이는 집단 쪽으로 이동하기로 했다.

그때 관장들의 대화가 송염의 발걸음을 잡아 세웠다.

"일이 이렇게 될 줄 누가 알았나. 솔직히 말해 요즘 아이들이 어떤 아이들인데. 요즘 아이들은 문수파 나부랭이 따위는 신경도 안 쓴다고. 그저 또 사기꾼이 나타났구나 그렇게 여기고 말지."

"맞네. 문수파가 방송 탈 때야 모두들 관심들이 있었지만, 알다시피 아이들의 관심이야 하루에도 열두 번 변하는 법 아닌가."

"그런데 얼마 전부터 갑자기 아이들 사이에서 문수파 이야기가 대유행을 하더란 말이지. 아직도 그 이유를 모르겠네."

"자네 정보가 늦군. 이 모두가 일본, 중국, 대만 놈들 때문일세."

일본, 중국, 대만?

송염은 궁금증을 더 이상 참지 못하고 관장들의 대화에 끼어들었다.

"문수파하고 그 나라 놈들하고 무슨 상관이란 말입니까?"

관장들이 송염을 힐끗 보더니 대답을 해주었다.

"자네도 알다시피 한류니 뭐니 해서 우리나라 방송을 그놈들이 많이 보지 않나. 그런데 스타퀸을 본 그 나라 놈들이 문수파가 완전히 사기라고 주장하기 시작했어."

사기란 말에 화는 났지만 딴에는 그럴 수도 있겠다 싶었다.

동북아시아 나라들 사이가 안 좋은 거야 하루 이틀 일도 아니고 상대방 나라에 치부를 들춰 내 깔깔거리며 조롱하는 일도 다반사다.

송염은 다시 질문을 던졌다.

"그야 방송만 봤으면 그렇게 생각할 수도 있는 문제 아닐까요?"

"그렇지. 그래서 인터넷 상에서 가짜라고 떠드는 정도면 문제가 안 되는데 이상하게 그 나라들 방송국까지 나서서 스타퀸 영상을 보여주면서 왜 가짜인지 조목조목 따지고 들었단 말이지."

태권도 도장을 운영한다는 한 관장도 말을 보탰다.

"맞네. 특히 가장 심한 나라가 대만이었지. 아주 게거품을 물더구먼. 태권도까지 끌고 들어와서 태권도가 만들어진 것이 불과 100년이 안 된 가짜 무술이니 문수파도 가짜가 분명하다고 말일세."

"미친 새끼들! 남의 나라 무술에 신경 쓸 시간 있으면 거지발싸개 춤 같은 자기 나라 쿵푸나 어떻게 좀 하라고 하지."

그래도 이해가 안 됐다. 송엽은 다시 물었다.

"그런데 왜 아이들이 문수파에 관심을 가진다는 말입니까. 솔직히 대만이 하루 이틀 생트집을 잡는 놈들도 아니잖습니까. 우리나라가 월드컵 4강에 오르자 아나운서가 방송 중에 울기까지 하며 억울해 하던 나라, 아니 올림픽에 국기도 못 들고 입장하고 국가명도 못 쓰고 차이니스 타이페이라고 불리니 실상은 나라도 아니죠. 어쨌든 그런 찌질이 나라아닙니까?"

송엽의 질문에 관장들이 어이없다며 말했다.

"인터넷 안 하나? 자네 말대로 그런 놈들은 그런 놈들인데 이번은 조금 다르더란 말이지."

"뭐가요?"

"하~ 답답한 친구로고. 어디 산속에서만 살았나? 자넨 격투기 카페 안 들어가나?"

"……."

한 대형 포털 사이트에 자리 잡은 격투기 카페는 전국의 무술 애호가들이 모여 정보 공유와 교류를 나누는 온라인 최대의 커뮤니티다.

"이상하게도 격투기 카페에 대만 아이들의 논조를 옹호하는 사람들이 많아졌어."

"문수파가 가짜란 주장에 동의한단 말입니까?"

"그래. 하지만 우리나라 네티즌들이 누군가. 가짜란 주장의 허황됨을 하나하나 철저하게 논박해 주었지. 그 와중에 스타퀸의 피디와 작가가 인증을 하고 자신들의 이름을 걸고 조작은 없었다고 주장했고 무편집 영상도 언제든지 공개하겠다고 선언한 탓이 컸지."

"그럼 된 것 아닙니까?"

"정말 자네 아무것도 모르는군. 일이 자신들에게 불리하게 돌아가자 문수파를 부정하는 네티즌들은 전략을 수정했어. 그들은 문수파를 인정하면서도 문수파가 중국 무술의 아류 내지는 지류라고 주장하기 시작했어."

"……."

"솔직히 그 주장은 논박하기 힘들었지. 사실 한국이나 일본의 무술들이 중국의 영향을 받은 것은 사실이기 때문이지. 혹여 문수파에 그들의 주장을 뒤집을 만한 문서나 증거가 있다면 몰라도 말일세."

열이 뻗친다는 표현이 있다.

송염은 마동식에게 문수권은 문수보살의 상주도량인 오대산에서 자연발생적으로 발생한 한민족 고유의 무술이란 사실을 들어 알고 있었다.

증거를 대라면 댈 수도 있었다.

바로 송염을 던전으로 이동시켜 주는 동굴이 바로 그 증거다.

"처음부터 답이 없는 싸움이었어. 부정하는 사람도 긍정하는 사람도 증거를 댈 수 없으니 당연하지. 그렇게 서로 옥신각신하고 있을 때 놀라운 일이 벌어졌어. 바로 태권도, 해동검도, 합기도 등 기존 여러 가지 무술을 배우던 초딩, 중딩들의 등장이지. 초딩, 중딩들은 대만같이 듣도 보도 못한 나라가 대한민국의 고무술인 문수권을 건드리자 특유의 막무가내 댓글로 게시판을 도배해 버렸지. 그때만 해도 문수권을 그저 그런 차력 비슷한 '기술' 정도로 생각하던 아이들이 그러는 와중에 자연스럽게 문수권에 관심을 가지게 된 거야."

"맞아. 그래서 지금 아이들 사이에 문수파가 완전 유행이지."

"……."

분명 좋은 일이다.

아이들은 나라의 보배이기도 하지만 확실한 '돈줄' 이기도 하다.

요즘 세상에 아이들이 관심있어 하는 분야치고 돈이 안 되는 일은 없다.

하지만 여전히 찝찝함이 남았다.

"한국 사람이 중국 편을 들다니 도무지 이해할 수 없군요."

관장들이 어깨를 으쓱하며 말했다.

"세상에는 별놈이 다 있으니까."

"그렇긴 해도 추천수가 너무 많았어. 거의 모든 문수파에 대한 부정적인 글에 추천이 200개씩 달렸으니까."

"그러고 보니 확실히 이상하네. 거의 모든 글의 추천수가 200~250개 사이였지 아마?"

"그 일 가지고 중국이나 대만에서 조직적으로 조작을 하니 마니, 말이 많았지."

"하지만 의혹을 제기하자 카페 운영진이 외국 IP는 없다고 확인해 줬잖아."

"그래서 하는 말 아닌가. 세상에는 별의별 놈들이 많다고……."

관장들의 말대로다.

세상에는 별의별 놈이 많다. 하지만 매번 추천수가 같았다는 말이 마음에 걸렸다.

　'아마도 어느 무파(武派)의 소행으로 보이지만 알아볼 필요는 있어. 그 정도로 조직적으로 움직였다면 나중에 문수파가 확장하는 데 걸림돌이 될 수도 있으니 말이야.'

　송염은 그런 일을 잘하는 어떤 사람을 알고 있었다.

　'김계숙 작가, 지금은 기잔가? 어쨌든 연락을 해봐야겠어.'

　관장들과의 대화를 마친 송염은 젊은 청년들에게로 다가갔다.

　청년들의 관심사는 확실히 관장들의 관심과는 전혀 다른 것들이었다.

　"문수권을 배우면 정말 장풍을 사용할 수 있을까?"

　"지금은 문수파의 태상장로가 된 송염이란 사람이 장풍 사용하는 거 못 봤어?"

　"봤지. 그때 한수연의 검은 팬티는 예술이었지."

　"쩝, 좋겠다."

　"뭐가?"

　"못 들었어? 한수연 하고 송염 하고 사귄다고 하잖아."

　"에이~ 설마. 한수연이 뭐가 아쉬워서."

"증권가에는 소문이 파다해."

"증권가 찌라시는 믿을 게 못 돼."

"아냐, 이번은 확실해. 한수연이 일주일에 한 번씩 오대산에 온다고 하던데?"

"정말이야?"

"정말이고 말고!"

송염은 한수연과 자신의 열애설(?)을 퍼뜨린 청년의 얼굴을 확실히 기억했다.

'저놈은 무조건 뽑아야 해. 그래서 복수, 아니 단련을 시켜야 해. 죽! 도! 록!'

관장 무리와 청년 무리에 끼지 않은 사람도 있었다.

송염은 그들 중 한 사람의 얼굴을 알아보았다.

'저 사람이 왜 여길? UFC에 진출한다고 하지 않았던가?'

송염이 알아본 남자는 일전 마동식과의 대결에서 패배했던 KUFC의 최태성이었다.

'흠, 그래도 영 멍청하게 자존심만 있는 놈은 아니네.'

최태성의 얼굴에서 돈이 보였다.

법이 정해놓은 경기에만 정해진 금액 한도 내에서 스포츠 토토를 통해서만 돈을 걸 수 있는 한국과 달리 미국이나 유럽 등 다른 나라들은 스포츠 경기에 합법적으로 돈을 걸 수 있다.

'최태성이 첫 경기를 가지면 승률이 얼마나 될까? 100:1이면 100배. 50대 1이면 50배.'

송염은 최태성의 UFC 데뷔 무대가 미국 라스베이거스에서 몇 달 후 열린다는 사실을 알고 있었다.

'속험법으로 잘 가르쳐서 써먹어도 되고…… 아냐. 속험법만으로는 불안해.'

단시간 가르쳐서 써먹기는 최태성이 상대해야 할 서양 선수들의 덩치와 파워, 스피드가 너무 뛰어나다는 생각이 들었다.

격투기의 세계에서 실력보다 우선하는 덕목인 신장과 체중과 스피드다. 동양인은 그 점에서 서양인에 절대 이길 수 없다.

도박은 무조건 이기고 봐야 한다.

'원님 덕에 나팔 분다고…… 아닌가? 님도 보고 뽕도 따고인가? 아무렴 어때, 나도 이 참에 미국 구경이나 한 번 해야겠어. 크크크크크.'

송염은 음흉한 미소를 지으며 이젠 공사가 마무리 단계에 접어든 조사전으로 향했다.

"음?"

그런 송염의 눈에 다른 문도 지망생들과 떨어져 서 있는 두 명의 청년의 모습이 잡혔다.

별로 인상이 좋아보이지 않는, 그래서 백두단과 같이 깍두기 냄새가 나는 두 청년은 무도인답지 않게 담배까지 꼬나물고 누군가와 통화를 하고 있었다.

"걱정 마십시오, 상무님. 저희가 누굽니까? 네네, 미리 알아본 바에 의하면 돈만 집어주면 우선순위로 뽑아주고 비기도 따로 가르쳐준 답니다. 네네, 최태성이도 보입니다. 상무님,. 그럼 또 연락드리겠습니다."

상무님, 돈, 비기, 최태성.

네 단어의 조합은 한 가지 결론을 도출하기 충분했다.

'이준석. 이 개새끼.'

송염은 SN엔터테이먼트가 목표를 희진에서 문수파 전체로 바꿨음을 직감했다.

'일전에 당한 후 SN엔터테이먼트가 조용했던 이유가 있었어. 저놈들 나랑 같은 생각을 하고 있는 거야.'

작은 한국의 엔터테이먼트 산업에서 벗어나 UFC라는 종합격투기를 발판으로 세계로 뻗어나간다.

어처구니없을 정도로 비현실적인 계획이지만 문수권이 있으면 이야기는 달라진다.

전화를 끊은 깍두기가 송염을 째려보았다.

"뭘바! 임마. 확! 눈알 안 깔아?"

"아, 아닙니다."

송염은 얼른 뒤로 물러났다. 당장 화를 낼 필요도 응징할 필요도 없었다.

저들을 괴롭힐 방법은 무궁무진했다.

'안 뽑으면 오히려 더 귀찮아져. 대신 먼저 너희 둘은 죽었어.'

*   *   *

송염은 자신이 찍은 사람들을 심사를 맡은 조덕구에게 알려주었다.

"특히 깍두기 두 명은 꼭 뽑아. 하지만 그냥은 뽑아주지 마."

"그게 무슨 말씀이십니까, 태상장로님? 뽑지만 그냥 뽑지 말라니요?"

"저놈들은 무조건 뽑혀야 할 이유가 있어. 그러니 말이지……."

눈치 빠른 조덕구는 송염의 의도를 즉각 이해했다.

"걱정 마십시오, 태상장로님. 아주 쪽쪽 빨아주겠습니다."

"당연히 교육도!"

"전효법을 사용하겠습니다, 태상장로님."

"전효법이라 하면?"

"전혀 효과 없는 수련법의 약자입니다."

"크크크크, 역시 자넨 척하면 척이야. 그럼 믿네."

"믿으십시오, 태상장로님."

그때 희진의 목소리가 들렸다.

희진의 목소리에는 보기 드물게 가시가 잔뜩 돋쳐 있었다.

"믿기는 뭘 믿습네까?"

단지 어투에 가시만 돋친 것이 아니었다.

희진은 북한 사투리까지 사용하고 있었다.

이는 희진이 정말로 화가 났다는 의미였다.

"나 좀 보자요! 조사전 뒤에서 기다리겠습다."

북풍한설 같은 찬바람만 남기고 희진이 사라졌다.

머릿속에서 맹렬하게 경고등이 깜빡거렸다.

'내가 뭘 잘못했지? 빨리 알아차려야 해. 그러지 못하면……. 난 죽어.'

조덕구가 희진이 화난 이유를 찾아내려 애쓰는 송염을 안쓰럽다는 표정으로 바라보았다.

그는 큰 인심이라도 쓴다는 표정으로 나지막하게 속삭이듯 말했다.

"태상장로님, 한수연."

"……??!!"

아뿔싸.

자신과 한수연의 스캔들이 희진의 귀에 들어갔다면? 저런 희진의 반응도 이해가 갔다.

원인을 파악했으니 대책을 수립할 때다.

가장 먼저 든 생각은 '응? 이해? 내가 뭘? 나랑 희진이가 사귀는 것도 아니잖아' 였다.

그리고 뒤이어 '크크크크, 질투하는 건가?' 라는 생각도 들었다.

생각이 질투에 미치자 기분이 좋아졌다.

송엽은 웃으며 조사전 뒤로 달려갔다.

그런 송엽의 뒷모습을 보던 조덕구가 중얼거렸다.

"저러니 여자 친구가 없지. 여자의 말은 그냥 옳은 거야. 여자가 화를 내면 내는 그 순간 남자는 이미 져 있다고."

조덕구의 말을 듣지 못한 대가는 참혹했다.

송엽은 희진을 보자마자 말했다.

"너, 지금 질투하지."

희진이 말했다.

"그거이 말입네까? 막걸리입네까?"

송엽은 그날 희진에게 곤죽이 되도록 당해 영혼이 승천해 버렸다.

희진은 쉽게 화를 풀려 하지 않았다.

어떻게든 희진을 달래야 했다.

방법은 의외로 가까운 곳에 있었다.

희진은 착하다.

그런 착한 마음과 힐러로서의 능력 그리고 문도들을 합하면 한 가지 그림이 그려진다.

'돈도 벌고 좋잖아.'

송염은 희진을 찾아가 말했다.

"희진아."

"왜?"

날카로운 대답이 돌아왔다.

"너에게 한 가지 부탁이 있어서."

"부탁? 부탁은 한수연에게나 하시지!"

"크, 너 말고는 할 수 없는 일이야. 한수연 따위는 절대로 못해."

'너 말고는 할 수 없는 일이다.', '한수연 따위는' 등의 이 말들은 마법적인 효과를 만들어 냈다.

희진이 한결 풀어진 표정으로 물었다.

"뭔데?"

"뭐냐면 말이지."

송염은 자신의 계획을 설명했다.

송염의 계획은 좋은 일하고 돈도 버는 멋진 계획이었다.

　　　　　*　　　　*　　　　*

　두 번째 기수의 제자들이 문수파의 정식 문도가 되고 일주
일이 지났다.

　그들의 하루도 선배들과 다를 것이 없었다. 신입 문도들은
하루에도 몇 번씩 오르락내리락하며 자재들을 옮겨 날랐고
문수객잔에서 주린 배를 채웠다.

　하지만 그런 문도들 사이에 끼지 못하는 사람이 두 명 있었
다.

　연예계 쪽에서 꽤나 잘나가는 경호업체인 대성산업의 직
원인 박호석과 남종택은 주린 배를 부여잡고 다른 문도들이
문수객잔에서 돼지 불백이며 보쌈을 흡입하는 모습을 그저
부러운 눈빛으로 바라보고 있을 수밖에 없었다.

　"맛있겠다."

　"그, 그렇지?"

　"돼지 불백 쌈 한 점만 먹었으면 원이 없겠다."

　"고기는 두 점이 좋겠다. 아니, 세 점."

　대성산업은 SN엔터테인먼트 소속 연예인들의 경호를 담당
하면서 급성장한 회사다. SN엔터테인먼트의 연예인을 경호
한다는 이름값의 값어치는 무척 커서 대성산업은 설립 3년

만에 최대의 연예인 전문 경호업체의 입지를 탄탄하게 굳힐 수 있었다.

하지만 대성산업이 단지 SN엔터테이먼트의 후광만으로 성장한 것은 아니었다.

경호산업은 그 특성상 실력이 없으면 살아남기 힘들다. 그렇기기에 대성산업은 경호원을 뽑을 때 철저하게 실력 위주로 선발했다.

송염이 깍두기로 판정내린 박호석과 남종택들도 그런 인재들 중에선 최고 실력자들이었다.

우선 덩치가 큰 박호석은 유도 국가대표 상비군 출신이었다.

그리고 남종택은 특전사 중사 출신으로 전역하자마자 스카우트된 케이스였다.

성질이 급하고 말이 짧은 편인 박호석이 더 이상 참지 못하고 툴툴거렸다.

"해도 해도 너무한다. 같은 기순데 먹어보란 말 한마디 안 하네."

남종택은 그런 박호식을 만류했다.

"말 조심해라. 남들이 들으면 어쩌려고."

"큼, 들으라지. 한바탕하면 그만이지."

찔리는 구석이 있었는지 말은 험했지만 박호석의 말이 완연히 작아졌다.

그도 그럴 것이 입문 당일 저녁, 박호식과 남종택은 다른 문도들에게 성질대로 대했다가 치도곤을 당한 전력이 있었다.

"빌어먹을⋯⋯. 대한민국에 난다 긴다 하는 놈들은 여기 다 모였어."

"복마전이야, 복마전. 그나저나 어쩌면 좋냐?"

"뭘?"

"너랑 나랑 탈탈 토해낸 돈이 2,000만 원이 넘어. 네가 차고 있던 금목걸이 하고 내가 군에서 전역할 때 받은 금반지까지 토해냈어. 덕분에 기부 문도가 되긴 했지만 가진 돈이 없어 남들처럼 밥도 제대로 못 먹는 신세가 됐잖냐."

생각이란 단어와 별 상관없는 삶을 살아온 박호석이 고개를 세차게 저었다.

"아, 몰라. 젖더, 나는 더는 못 참아. 오늘 밤 튈 거야."

"이 상무는 어쩌고, 우리가 포기한 걸 알면 잡아 죽이려고 할 텐데?"

외부에는 안 알려져 있지만 대성산업은 SN엔터테이먼트의 자회사나 다름없다. 즉, 이준석은 두 사람의 밥줄을 쥐고 있는 직속상관이었다.

"지금 이준석이 문제야? 우리가 죽게 생겼는데? 그리고 이

상하잖아. 남들은 하루에 세 번 왕복하는 산길을 왜 우리 둘
만 네 번 왕복하냐고."

"그야……."

남종택도 쉽게 답을 하지 못했다.

총관 조덕구는 두 사람은 기부한 돈이 제일 많아 일반 문도
는 물론 다른 기부 문도와도 다른 특별훈련을 시킨다고 말했
었다.

그 말을 떠올린 남종택은 박호석을 달랬다.

"오늘 밤부터 속험법 훈련이 시작된다고 하니 좀 더 버텨
보자고."

"속험법도 이상하면, 난 더 이상 못 참아."

밤에 실시된 속험법은 박호식은 물론 남종택도 참을 수 없
는 것이었다.

다른 기부 문도들은 기존 방식 그대로 홍두깨 세례를 받았
다.

하지만 두 사람이 받은 훈련은 속험법과도 또 달랐다.

모든 기부 문도들을 기절시킨 조덕구가 달빛에 빛나는 하
얀 이빨을 드러내 웃으며 홍두깨를 다시 들었다.

"두 사람은 본 문에 매우 큰 공헌을 했음으로 나조차도 받
아보지 못한 매우 특별 훈련을 실시한다."

달빛에 문도들의 것이 분명한 살점과 피가 묻어 있는 홍두

깨가 반짝였다.

붕~!

밤공기를 가르며 홍두깨가 날아왔다.

박호식과 남종택은 그 홍두깨를 온몸으로 받아들였다.

쾅!

"아~ 악!"

쾅!

"악!"

반항도 해봤다.

"아~! 씨발, 함께 죽자."

"더는 못 참아. 이게 훈련이면 저 달이 태양이다."

하지만 두 사람의 반항은 시도 즉시 더 큰 응징을 받았다.

"어쭈~! 문주님의 은혜로 본 문 최고의 수련방법을 전수하는데 감히 반항을 해? 아주 간이 배 밖으로 나왔지?"

옆에서 구경하고 있던 김태호와 김민호도 가세했다.

"본 수련법은 원래 토 나올 만큼 힘들고 아픈 것이다."

"더 맞아라."

정말로 더 맞았다.

그렇다고 다른 문도들처럼 기절할 수도 없었다.

기절할 만하면 번쩍하는 빛과 함께 묘하게도 다시금 정신이 말짱하게 돌아오고 몸에 힘이 넘쳐 났다.

'이 훈련법 정말 아냐?'

'맞은 데가 하나도 안 아파.'

그런 생각도 잠시 다시금 백두단의 홍두깨가 소나기처럼
날아왔다.

쾅!

쾅!

쾅!

맞고 아프고 낫고 맞고 아프고 낫기를 두 시간.

그제야 박호식과 남종택은 겨우 기절할 수 있었다. 물론 두
사람은 마동식의 혈도 마사지를 전혀 받지 못했다.

박호식과 남종택에게 힐을 날린 희진이 송염에게 말했다.

"오빠도 지독한 면이 있어."

"기절할 만하면 힐을 주는 네가 할 말이냐?"

"흥, 오빠가 시키니까 어쩔 수 없이 하는 거지."

"그렇다고 보기엔 네 표정이 너무 밝다. 어째 즐거워하는
것 같기도 하고……."

"오빠, 여자 마음을 너무 몰라."

"여기서 왜 그 말이 나오냐?"

희진이 결정타를 날렸다.

"한소연이는 나처럼 안 그러나 보지?"

"정말 아니래도. 저번 주 내내 너랑 던전에 있었잖아."

"못 만나서 서운했나 보지?"

"……."

말로는 도저히 희진을 이길 수 없다. 그래서 짜증이 났다. 그런데 그 짜증을 희진에게 낼 순 없다.

송염의 짜증이 애먼 이들에게 튀었다.

'전부 너희 때문이야. 죽었어.'

송염이 생각한 '너희'는 드디어 기절한 박호식과 남종택이었다.

송염이 '무려' 공짜로 최태성에게 속험법을 가르치겠다는 선언을 했을 때 조덕구가 물었다.

"아침 잘못 드셨습니까?"

"쿵, 아냐. 더 큰 물고기를 잡기 위해 밑밥을 까는 거야."

"이유를 여쭤 봐도 되겠습니까?"

송염은 그 이유를 세 단어로 간단하게 요약했다.

"경기, 도박, 일확천금."

"멋진 생각입니다!"

명쾌한 대답을 들은 조덕구가 엄지손가락을 치켜들었다.

"그건 그렇고 현재 잔고는?"

"금화와 목걸이! 매각대금과 기부금, 문수객잔 이익금 등

등을 합해 남은 돈은 95,463,254원입니다."

"생각보다 적네?"

"식당건물 신축, 문도들이 기거할 기숙사 신축. 조사전 중
건이 끝날 때까지는 어쩔 수 없습니다. 지금 남은 돈도 모두
이번 달 자재대금으로 들어갈 예정입니다."

"다이아몬드는?"

"시간이 필요합니다. 크기가 작지 않아 감정도 필요하고
어쩌면 연마과정을 거쳐야 할지도 모릅니다."

"대략 얼마나 할까?"

"아버지 말로는 3,000만 원 부근이 될 거랍니다."

"그 돈도 공사비로 들어가겠지?"

"당연합니다."

조덕구의 대답을 들은 송염은 심각하게 물었다.

"총관, 내가 왜 문파를 만들었는지 아나?"

"그야……. 잊혀진 고무술인 문수파를 현대에 재건하시려
는 숭고한 뜻을 가지고……."

송염은 미사여구를 줄줄이 늘어놓는 조덕구의 말을 단칼
에 끊었다.

"개소리."

"네? 그게 무슨 말씀이신지……?"

"개소리라고! 난 돈을 벌려고 이 일을 벌린 거야. 그러니

총관! 수단과 방법을 가리지 않고 쥐어짜고 또 쥐어짜서 돈을
모으게."

"……."

조덕구는 뭐라 대꾸할 말을 잊어버렸다.

송염이 돈 벌레란 사실은 익히 알고 있었다. 하지만 이렇게
대놓고 돈, 돈 거릴지는 몰랐다.

송염은 그런 조덕구에게 은근하게 물었다.

"혹시 총관, 곰 고기 먹어봤어?"

"…아, 안 먹어봤습니다."

"다음번엔 곰 고기를 가져올 거야. 그러니 곰 고기 요리법
좀 알아둬."

"……."

송염의 장담은 그대로 이뤄졌다.

하지만 그전에 며칠 전 희진을 이용해 돈을 벌겠다며 세웠
던 바로 그 계획을 실천에 옮겨야 했다.

"총관, 오늘부터 기부 문도들은 자재 운송에서 열외야."

"네? 그렇다면 공기가 상당히 늦어질 텐데요."

"인부를 써."

"갑자기 돈 드는 인부를 쓰라 하시니……. 혹시 오늘 해가
서쪽에서 떴습니까?"

"돈은 더 벌 수 있어. 그리고 열외 시킨 기부문도들의 속혐

법 수련 강도를 지금의 네 배로 올려."

지금도 기부문도들은 속험법 수련 때문에 머리가 터지고 깨져 상처투성이다.

"그 정도로 올리면 죽을 텐데요."

"안 죽어. 그리고 비디오카메라 하나 준비해."

"준비는 하겠습니다만……. 도무지 이해할 수 없군요."

"크크크크, 이해하려 하지 마. 나중에 두 눈으로 직접 보면 돼."

"……."

명령이니 어쩔 수 없다.

조덕구는 송염의 명령대로 기부 문도들을 작업에서 열외시켰고 훈련강도를 대폭 늘렸다.

그 결과는 참혹했다.

밤이 되어 훈련을 마친 기부 문도들의 얼굴은 문자 그대로 목불인견이었다.

"죽을 것 같아."

"난 이미 죽었어."

"너무하는 거 아냐. 어떻게 사람을 이렇게 패나?"

"뭔가 사단이 난거야. 1기 때는 이렇게 심하지 않았다며?"

"무술도 좋지만 이건 구타야. 농담이 아니라 이러다 죽을

지도 몰라. 난 그만두려네."

"나도야. 날이 밝는 대로 난 하산할 거야."

"나도네."

"나도."

"나도 함께 가세."

……

겨우 이슬만 피하도록 만들어진 간이 막사는 훈련에 대한 성토로 가득 찼다.

그때 두 사람이 등장했다.

송염과 희진이다.

송염은 당장에라도 죽일 듯 노려보는 기부 문도들에게 말했다.

"문수파의 어른으로서 문도들의 의지없음이 참으로 개탄스럽도다."

송염의 한탄을 들은 기부문도 중 한명이 소리쳤다.

"개소리하지 마. 내가 너보다 열 살은 더 먹었어. 어디서 사기질이야?"

"허~어."

송염은 탄식하며 그 문도에게 윈드 볼을 날렸다.

평!

"커억!"

한층 강해진 윈드 볼을 정통으로 얻어맞은 문도가 죽겠다
며 울부짖었다.

"장풍."

"장풍이야."

문도들의 반응을 즐기던 송염은 손을 내밀며 말했다.

"장풍을 배우고 싶지 않은가 보구나."

그러자 문도 중 가장 연장자가 나섰다.

"왜 안 배우고 싶겠습니까? 하지만 우리 몰골을 보십시오.
죽지 않은 것이 신기할 지경 아닙니까?"

"속험법이 위험한 수련방식이란 사실을 잊었느냐?"

"위험도 위험 나름이죠. 죽으면 장풍이 아니라 중풍 할아
버지를 배우면 뭐합니까? 쓸 수도 없는데요."

나이 많은 문도의 항의는 많은 지지를 얻었다.

"맞아."

"당연하지. 금송아지가 열 마리면 뭐해. 나 죽고 나면 남
좋은 일만 시키고 마는 걸."

"장풍은 그나마 남 좋은 일도 못 시키지."

송염은 여전히 여유만만이었다.

모두가 예상했던 반응이고 송염에게는 이 반응을 열광으
로 바꿀 방법이 있었다.

"문도를 잘못 뽑았다. 사문의 힘을 이다지도 못믿다니…… 통탄할 따름이다. 희진 사질. 희진 사질이 나서야겠네."

"네, 장로님."

졸지에 송염의 사질, 즉 문주의 사제가 되어 버린 희진은 속으로 터져 나오는 웃음을 억지로 참으며 가장 가까이 있는 문도에게 다가갔다.

그 문도는 가장 상처가 심해 안면 윤곽을 알아볼 수 없을 정도로 엉망이었다.

희진이 문도의 얼굴에 손을 대자 송염이 말했다.

"문수권의 진정한 힘은 파괴에 있지 않다. 무도의 극은 살(殺)이 아니라 생(生)인즉, 이제 너희들은 문수권의 극의를 보게 될 것이다."

기부 문도들의 시선이 일제히 희진에게 쏠렸다.

"사질 시작하게."

"네, 장로님."

희진의 손에서 빛이 나고 사라졌다.

"세상에……"

"이런 일이……"

"말도 안 돼."

치료를 받은 문도는 원래 얼굴에 칼자국이 있었다. 그런데 빛이 사라진 후 나타난 문도의 얼굴은 백옥처럼 깨끗했다.

칼자국이 사라진 것이다.

송염은 한껏 점잔을 떨며 말했다.

"이것이 문수권의 극의다. 하지만 이제 너희 하고는 상관 없겠구나. 너희들은 내일이면 하산할 것 아니냐."

문도들이 일제히 머리를 조아리며 소리쳤다.

"저희가 잘못했습니다. 태상장로님."

"우둔한 저희를 용서해 주십시오."

"생각이 짧았습니다."

…….

송염은 기다렸다.

원하는 대답이 아직 나오지 않았다.

그렇게 한참을 기다리자 드디어 원하던 대답이 나왔다.

"저희가 어떻게 하면 되겠습니까?"

"흠……. 문의 어른 되는 자로서 차마 말하기가 부끄럽구 나."

"무슨 말씀이십니까? 부끄럽다니요. 말씀해 주십시오. 어 떤 일이라도 하겠습니다."

송염은 못이기는 척 말했다.

"그럼 너희를 믿고 말하겠다. 사질이 펼친 문수권의 심법 은 활생법이라 한다."

"활생법."

"활생법."

……

문도들이 송염이 즉석에서 만든 활생법이란 이름을 따라 했다.

"활생법은 기와 재료의 조합으로 이뤄진다. 내 사질을 통해 너희의 상처를 모조리 없애고 피부를 좋게 만들어 주고 싶지만 기는 문제가 없는데 재료에 문제가 있구나."

"재료에 문제라 하시면……."

"한 번 치료하는 데 드는 재료비가 100여만 원에 이른다. 하지만 보다시피 효과는 확실하다."

"100만 원!"

"너희들도 알겠지만 본 문은 이제 생긴 지 얼마 되지 않아 재정이 극히 열악하다. 그래서 너희를 즉각 치료해 주고 싶어도 그럴 수 없는 형편이다."

그때 한 문도가 소리쳤다.

"내겠습니다. 100만 원 내겠습니다."

그 문도는 청년기에 여드름 치료를 잘못해 얼굴이 분화구였다.

그동안 들인 피부과 치료비만으로도 활생법 치료를 열 번 이상 받을 수 있었다.

'생각대로야. 그런데 어째 점점 내가 약장수가 되는 것 같아.'

그래도 상관없었다.

송염은 돈에 정신을 집중했다.

"그렇다면 당연히 활생법을 시전해 줘야지. 사질!"

"네, 장로님."

희진의 활생법(?)이 시전되고 얼굴이 얽었던 문도의 피부가 백옥이 되었다.

그 모습을 본 다른 문도가 번쩍 손을 들었다.

"제 와이프가 얼마 전 뜨거운 주전자를 엎질러 손에 큰 화상을 입었습니다. 병원에서 말하길 성형으로도 상처를 완벽하게 가릴 수 없다고 하더군요."

"문도의 가족은 당연히 본 문의 가족이다. 100만 원이다."

"감, 감사합니다. 당장 내일 하산하여 와이프를 데리고 오겠습니다."

"본시 수련이 시작되면 하산은 절대 금지이지만 사정이 딱하니 내 특별히 허락하겠다."

"감사합니다."

다른 문도들도 나섰다.

"제 동생이 워낙 여드름이 심해서요."

"제 와이프 제왕절개 자국도 사라질 수 있습니까?"

"제 아들이 어렸을 때 크게 넘어져서 다리에 상처가."

"제 여자 친구 피부 좀."

……

장사는 대성공을 거두었다.

송엽은 활생법 치료 예약만으로 3,000만 원의 매출을 올리는 기염을 토했다.

활생법은 언제나 완벽한 성공을 보장했다.

시술을 받은 환자들은 완벽해진 피부에 만족했고 그 만족을 혼자 간직하지 않고 주변 사람들에게 퍼뜨렸다.

손님이 꼬리에 꼬리를 물고 오대산 문수파로 몰려들었다.

송엽의 명령에 의해 조덕구가 찍은 영상도 소문의 확산에 한몫을 했다.

송엽은 행복했다.

그러면서도 불행했다.

치료할 손님은 많았지만 희진의 마나로 치료할 수 있는 환자의 숫자가 너무 한정적이었다.

결론은 하나였다.

'희진이의 마나통을 늘려야 해. 그러려면 레벨 업을 시켜야 하고.'

급한 환자들을 처리한 송엽은 더 많은 환자를 받기 위해 던전행을 결심했다.

　'이보 전진을 위한 일보 후퇴. 1,000만 원을 벌기 위한 100만 원의 손해. 감수할 수밖에 없어.'

　송염은 미래를 준비하는 욕심쟁이였다.

Chapter 39
빈 던전

Buffer

곰 사냥 준비를 마친 일행은 다시 던전으로 들어갔다.
송염이 준비한 곰 사냥은 희진으로부터 시작되었다.
"시작해."
"알았어."
송염의 지시를 받은 희진이 빨간 문을 나섰다.
시야에 보이는 붉은 곰은 모두 두 마리.
그 두 마리가 동시에 희진을 바라보았다.
쿠오오오오!
곰들의 눈이 붉게 물들며 희진을 향해 달려오기 시작했다.

희진은 얼른 손을 들고 소리쳤다.

"피스!"

희진이 피스 스킬을 사용한 곰은 전방이 아닌 후방의 곰이
었다.

후방에서 달려오던 곰이 피스 스킬을 당해 행복(!)한 표정
을 지었다.

희진의 피스 스킬이 끝남과 동시에 강철중이 전면에 나섰다.

쿵!

강철중은 새로이 개조하여 밑쪽에 긴 철제 송곳을 단 방패
를 땅에 깊숙이 박고 체중을 실어 곰이 줄 충격에 대비했다.

달려오는 곰의 무게는 최소한 100㎏ 이상으로 부딪치는 순
간 자칫 잘못하면 방패를 놓치고 벽에 처박히고도 남을 충격
량이 강철중을 덮친다.

이제 송염이 나설 차례다.

송염은 잔뜩 긴장한 강철중에게 스톤스킨 버프를 사용했다.

"스톤스킨!"

이제 충돌 준비가 끝났다.

달려온 곰은 보통 솥뚜껑 같은 앞발로 방패를 가격했다.

쿠쾅!

"크윽!"

보통의 경우라면 방패를 잡고 있는 강철중의 팔을 부러뜨

리거나 받치고 있는 어깨를 탈골시킬 만한 충격이다. 하지만 스톤스킨 버프는 그 충격을 무효로 만들었다.

"쿠오오오오!"

화가 난 곰이 몸을 일으키며 포효를 했다.

그 모습은 경승용차를 내려다보는 덤프트럭 운전자처럼 오만하게 보였다.

"이때다!"

바로 이때가 이 순간을 위해 준비한 비장의 무기를 사용할 순간이다.

송엽이 준비한 비장의 무기는 바로 날카로운 강철 스파이 크가 달린 길이 1미터쯤의 단창이다. 특별히 쇠파이프로 제 작된 이 단창은 속이 비어 있다.

"이런 개 간나 아새끼!"

헤이스트와 퍼펙트 타깃, 패스트 워크 삼종 버프로 강해진 마동식이 단창을 곰의 가슴에 힘껏 박아 넣었다.

"푸~ 욱!"

언제 들어도 익숙해지지 않는 생살을 금속성 물체가 파고 드는 소리와 함께 운이 좋으면 심장을 제대로 관통당한 곰이 그대로 절명했다.

퍼펙트 타깃의 위력이다.

하지만 언제나 그렇듯이 모든 일이 생각대로만 이뤄지는

것은 아니다.

확률의 지배를 받는 퍼펙트 타깃 버프는 때로는 명중이 아닌 엇나감을 선사한다.

이때 곰은 자신이 왜 미련한 곰이라 불리는지 증명이라도 하려는지 단창의 구멍으로 붉은 피를 뿜어내며 계속해서 미쳐 날뛴다.

쿠오오오오!

쿠오오오!

이때가 사냥에서 가장 위험한 순간이고 송염은 스톤스킨 버프를, 희진은 피스 스킬을 적절히 사용해야 하는 순간이기도 하다.

곰의 발악은 단창의 구멍에서 피가 흘러나오지 않을 때까지 이어진다.

쿵!

거대한 붉은 곰이 드디어 몸을 누였다.

가장 큰 타격을 받아 새파랗게 질린 강철중이 소감을 피력했다.

"휴~ 죽이는군."

"아직 끝이 아니야. 다시 준비해."

시야에 있는 모든 곰을 처리하기 전에는 전투는 끝나지 않는다.

당연히 피스에 걸린 또 한 마리의 곰을 처리하는 일은 훨씬 쉽다.

그저 단창의 끝을 심장에 겨냥하고 힘껏 쑤셔 넣으면 그만이다. 하지만 이런 쉬운 사냥 방법이 있음에도 일행은 어려운 길로 돌아가야 했다.

"그렇게 잡으면 수련이 안 되잖아."

마동식의 강력한 주장 때문이다.

강철중이 돌을 던져 붉은 곰의 어그로를 끄는 것으로 다시 사냥이 시작된다.

사냥이 끝나면 뒤로 물러나 있던 송염이 나설 차례다.

"벗겨, 뒤져."

일행은 먼저 가장 중요한 곰쓸개부터 채취한다. 웅담은 곰의 담낭을 반 정도 말려 이것을 두 장의 판자 사이에 끼워 압축시키면서 다시 바람에 말린 것을 말한다.

이렇게 만들어진 손바닥만 한 크기의 보라색 주머니인 웅담은 매우 고가에 거래되는 한약재다.

미리 알아본 바에 의하면 곰 한 마리의 가격은 700만 원. 그중 웅담의 가격은 500만 원선으로 제기동 한약의 거리에서 거래된다.

"터지면 안 돼."

웅담은 담낭 주머니가 터지는 순간 쓰레기로 변한다. 담즙이 터져 웅담을 못 쓰게 하기도 하고 그 특유의 쓰디 쓴 맛이 고기에 배어 도저히 먹을 수 없는 쓴맛을 남기기 때문이다.

담낭을 체취하고 나면 다음 차례는 곰의 앞발이다.

곰의 앞발, 특히 오른발은 중국요리의 중요한 재료도 쓰인다. 그 유명한 곰 발바닥 요리가 바로 그것이다.

곰의 앞발 그중에서도 특히 오른쪽 발은 남자의 정력에 좋다고 알려져 있다.

"그 곰이 왼손잡이일 수도 있잖아."

곰 발바닥 요리에 대해 들어본 적도 없는 희진이 물었다. 물론 송염도 절대로 대답할 수 없는 질문이었다.

말문이 막힌 송염은 쓸데없는 상식을 늘어놓았다.

"곰이 벌집을 부수고 꿀을 먹을 때 오른발로 먹어서 달콤해진다는 말도 있고 꿀을 빼앗긴 벌들의 공격을 앞발로 쫓을 때 봉침을 많이 맞아서 좋다는 말도 있어. 또 어떤 사람들은 곰이 겨울잠을 잘 때 아무것도 먹지 않고 발바닥만 빨아서 좋다는 사람도 있지."

길고 긴 송염의 설명을 들은 희진은 만족하지 못한 눈치였다.

"누가 뭐래? 내 말은 그 곰이 왼손잡이일수도 있다고."

"……."

담낭과 곰 발바닥을 분리하고 나면 이번에는 고기 차례다.

곰 고기는 담백한 육질에 고영양이라고 알려져 있다.

한국에서는 먹을 기회가 없지만 일본에서는 곰 고기로 찌개부터 덮밥, 심지어는 엉치살로 만드는 곰 고기 육회에 곰 고기 통조림까지 있다. 그 점은 미국도 마찬가지여서 사냥으로 잡은 곰의 스테이크 요리는 사냥꾼들에게 매우 선호되는 음식이다.

결국 곰 사냥은 쉰다섯 개의 웅담과 110개의 앞발, 그리고 산더미같이 쌓인 곰 고기만 남긴 채 끝났다.

송엽은 마지막 거대 곰을 잡은 후 자신의 신세를 한탄했다.

"돈도, 보석도 없어. 거지야, 거지."

강철중이 이번에는 모으지 않고 방치해 둔 곰가죽을 가리키며 물었다.

"가죽도 있잖아."

"가죽은 안 돼. 팔다가 걸리면 경찰서 행이야. 설명할 방법이 없잖아."

"웅담도 마찬가지 아닌가?"

"웅담은 이런저런 경로로 러시아나 중국에서 들어오는 것들이 많아 판로가 있나 봐."

"그렇구나."

"다음 던전이 대박이길 기대하자. 준비됐지?"

송염은 붉은 문을 열었다.

어느새 붉은 문 위의 파란 바탕의 하얀 글씨는 Lv4로 변해 있었다.

"……??!!"

뜻밖에도 동굴 안에서 송염은 그 어떤 짐승도 발견하지 못했다. 지금까지 잡았던 토끼도 사슴도 멧돼지도 곰도 없었다.

이런 경우는 처음이었다.

동굴에는 동물이 있고 그 동물은 송염이 잡는다. 따로 누구와 약속한 적은 없지만 그것은 무언의 규칙이었다.

그런데 지금 이 순간 그 규칙이 무너졌다.

"이상하네, 동물이 보이지 않아."

"그래? 정말이네? 가만 저게 뭐지?"

마동식이 무언가를 가리켰다. 송염은 마동식의 손끝이 가리키는 곳을 유심히 바라보았다.

그것은 하얀 겨울 솜이불을 대충 쌓아 놓은 무더기처럼 보였다.

의문은 풀어야 한다.

그리고 무슨 동물인지 알아야 다음 사냥 준비를 할 수 있기도 했다.

"가보자."

"조심해."

송염은 강철중을 앞세우고 이불 더미를 향해 걸어갔다.

멀리서 이불 더미로 보이던 것은 조금 전 잡았던 붉은 곰의 두 배쯤 되어 보이는 덩치를 자랑하는 거대한 북극곰의 시체였다.

"북극곰이잖아."

"……"

북극곰은 날카로운 무언가로 목이 신체와 절반쯤 분리되어 있었고 그것이 바로 죽음의 원인이었다.

죽은 북극곰은 단지 한 마리만이 아니었다.

동굴 여기저기에는 송염과 일행이 잡아야 할 북극곰의 시체가 널려 있었다. 북극곰의 사인은 한두 가지가 아니었다.

첫 북극곰처럼 목이 잘려 죽은 놈도 있었고 심장에 구멍이 나서 죽은 놈도 있었다. 어떤 북극곰은 사지가 분리되어 넝마 조각처럼 널려 있었고 또 어떤 북극곰은 갈라진 뱃가죽 사이로 내장이 흘러나와 죽어 있기도 했다.

그중에서도 가장 특이한 사인을 가진 북극곰은 단연 마지막 붉은 문을 지키고 있던 거대 북극곰의 것이었다.

송염은 북극곰의 사인을 한마디로 정리했다.

"완전히 곰 통구이네."

거대 북극곰은 옛날 시골 장터 다리 밑에서 복날 어른들이 잡아 그을린 똥개처럼 검게 타 있었다.

송염은 검으로 타다만 북극곰의 옷을 뒤적거렸다.

딸그락!

검 끝에 무언가가 걸렸다.

"……?!"

송염이 찾아낸 것은 녹아 눌어붙은 금덩어리였다. 아마도 주머니에 들어 있었을 금화가 녹아 붙은 것이 분명했다.

기분이 좋지 않았다.

신경이 거슬렸다.

"좋지 않아."

송염이 중얼거리는 소리를 들은 강철중이 물었다.

"뭐가?"

"누가 북극곰을 죽였을까?"

"그야 모르지."

"그래, 몰라. 동식아 넌 어떻게 생각해?"

영문을 몰라 하는 강철중에 비해 마동식의 표정은 무척 심각했다.

마동식은 죽은 북극곰들의 절단면을 확인하며 말했다.

"멋진 솜씨다. 그리고 잔인한 솜씨이기도 하다. 아이가 웃으며 메뚜기 다리를 떼어내듯이 단 한 순간의 망설임도 없었다."

"너보다 강한 상대야?"

"최소한 2단계? 아니 3단계는 강하다. 거의 스승님 수준일
지도 모른다."

"그 정도야?"

"……."

마동식이 잠자코 고개를 끄덕였다.

송염이 듣기로 마동식의 스승은 인간의 경지를 넘어선 존
재였다. 그는 맨손으로 바위를 부수고 시라소니를 맨손으로
때려잡았다고 들었다.

그런 마동식의 스승보다 더 강한 인간이 이 던전에 들어와
서 북극곰을 학살했다.

"한 명은 아니다. 최소한 세 명 아니면 그 이상일수도 있다."

"우리처럼 파티란 이야기네?"

"아마도… 그렇다."

누가?

왜?

어떻게?

의문은 많았지만 명확한 답은 하나도 없었다.

그래도 가정을 할 수는 있었다.

"내가 발견한 입구가 더 존재하고 그 입구를 통해 또 다른
어떤 파티가 들어와 던전을 클리어하고 있다는 이야긴
데……."

"……."

"……."

"……."

송염은 다시 주의를 거대 북극곰에게 돌렸다.

"그럼 이놈은 왜 이렇게 그을린 거야?"

그 질문에 대한 대답은 의외로 강철중이 내놨다.

"파이어볼, 마법사가 있을지도……."

"마법사? 화염방사기가 더 현실적인 대답이지 않을까?"

강철중이 송염의 말을 부정했다.

"기름 냄새가 안 나."

"……."

확실히 그랬다.

북극곰의 시체에서는 어떤 기름이나 화학물질의 냄새도 나지 않았고 그저 맛있는 고기 굽는 냄새와 털이 탄 후 나는 약간의 누린내만 나고 있었다.

송염은 툴툴거렸다.

"진짜 열 받네."

"뭐가? 수련을 못해서?"

"그런 점도 있지만……. 더 열 받는 건 그 자식들이 부자란 점이야."

"부자? 어떻게 알아?"

"생각해봐. 이 금덩어리를 버리고 떠났잖아. 그러니 그 놈들은 우리처럼 거지가 아니라 부자임에 분명해."

그 다운 결론을 내린 송염에게 희진이 물었다.

"다른 던전들도 먼저 쓸고 가면 어떡하지?"

"그러면 절대로 안 되지. 먼저 다음 던전부터 확인해 보자."

송염은 붉은 문을 통과해 다시 붉은 문을 열었다.

크아아아앙!

다행이었다.

문이 열리자마자 노란 털에 점점이 검은 바둑무늬가 선명한 표범이 앙칼진 울음을 터뜨리며 달려들었다.

얼른 붉은 문을 닫은 송염은 말했다.

"아마도 같은 레벨의 던전이 여러 개 있는 것 같다. 그중 저번 던전이 운 나쁘게 교차한 거지."

"그렇다면 다행이고. 이제 어떻게 할 거냐?"

강철중의 질문에 송염이 대답했다.

"표범까지 해치우고 나가자. 괜스레 뒤처지는 것 같아 열받는다. 다들 어때?"

"나는 찬성. 표범은 멧돼지나 곰처럼 아플 것 같지도 않고……."

"나도 찬성이다."

"나도~!"

표범은 예상보다 더 빠르긴 했지만 체중이 낮은 관계로 곰보다는 월등히 쉬운 상대였다.

덕분에 송염은 매우 빠른 속도로 표범 던전을 클리어할 수 있었다.

검은 방으로 돌아온 송염은 다시 붉은 문을 열었다.

"……"

어흥!

집채만 한 덩치를 자랑하는 거대한 호랑이가 송염을 반겨주었다.

송염은 힘없는 목소리로 다른 일행에게 물었다.

"다시 오는 편이 낫겠지?"

"그렇다."

"그래,"

"그래, 오빠."

단어는 단어가 가진 고유의 느낌이 있다.

호랑이란 단어는 인간 세포 깊숙이 새겨져 있는 먹이사슬의 공포심을 일깨워냈다.

그래서 일행은 큰 고민 없이 노란 문을 열고 현실로 돌아왔다.

Chapter 40
다시 나타난 아버지

버퍼
Buffer

　문수파로 돌아온 송염과 일행을 반겨준 것은 의기양양 웃음을 터뜨리고 있는 크리스티나의 얼굴과 여전히 뻔뻔한 아버지의 모습이었다.

　송염은 크리스티나의 손에 들린 막대기에 주목했다.

　막대기는 전체 길이가 30센티 정도에 끝에 둥근 원형 고리가 달려 있는 모양이었다.

　그리고 그 막대기의 색깔은 유백색이었다.

　이유는 모르지만 갑자기 불길한 기분이 송염을 엄습했다.

　아니나 다를까.

크리스티나가 소리쳤다.

"나도 이제 생겼어요!"

"……."

"나도 생겼다구요. 마법 아티팩트."

송염은 대답 대신 아버지를 바라보았다.

아버지는 만면에 득의의 웃음을 띠고 있었다. 그 모습을 보
자 빈정이 상했다. 당연히 송염의 말은 날이 시퍼렇게 서 있
었다.

"무슨 낯짝으로 나타난 겁니까?"

"아버지에게 말버릇이 그게 뭐냐?"

"아버지가 아버지다워야 아버지죠."

"내가 아버지답지 못한 건 또 뭐냐?"

"아버지다운 건 또 뭡니까?"

"팔찌도 주고, 반지도 줬잖느냐. 게다가 이번에는 지팡이
도 찾아왔다. 그거 비싼 거다."

"달라고 한 적 없습니다. 그리고 전 항상 대가를 지불했습
니다. 아니, 항상 대가를 도둑질해 가지 않았습니까?"

"큼, 넌 내가 준 아티팩트들의 가치가 고작 몇 천만 원밖에
안 한다고 생각하느냐?"

"……."

말문이 막혔다. 아버지의 대답은 분명히 맞는 말이다.

아티팩트는 그 가치를 낮춰 잡고 싶어도 절대로 그럴 수 없을 만큼 대단한 물건들이다.

하지만 아무리 좋은 말도 그 말을 하는 상대가 누구냐에 따라 기분을 잡치는 경우가 있다.

지금 바로 아버지의 말이 그랬다.

화가 머리끝까지 치민 송염은 쌀쌀하게 말했다.

"어쨌든 받을 것 받고 줄 것 줬으니 우리 사이에 채무관계는 없군요. 이만 가주세요."

단호하게 축객령을 내리자 아버지는 확연히 당황한 눈치였다.

"아직 지팡이 대금이 남았다."

"지팡이는 크리스틴을 주지 않았습니까? 대금을 받고 싶으면 크리스틴에게 받으십시오."

"넌 크리스틴의 오빠다."

너무나 이기적인 아버지의 말에 송염은 폭발했다.

그래서 결코 해서는 안 되는 말을 내뱉고 말았다.

"생판 얼굴도 모르고 혈연관계도 없는 아이를 맡겨놓고 나보고 오빠라구요? 제 의견은 물어봤습니까? 피 한 방울 섞이지 않는 아입니다. 왜 크리스틴이 내 동생입니까?"

"......"

그때 희진이 송염을 불렀다.

그녀의 목소리에는 안타까움이 진득하게 묻어 있었다.

"염 오빠."

"왜?"

희진은 말없이 크리스티나를 가리켰다.

크리스티나의 하얀 얼굴은 더 이상 질릴 수 없을 만큼 파랗게 질려 있었다.

그 모습을 보자 가슴 한구석이 무너져 내렸다.

"크리스틴, 그런 뜻이 아니라……."

"흐흐흑~!"

크리스티나가 눈물을 흘리며 방을 뛰쳐나갔다.

희진이 원망 가득한 얼굴로 송염을 타박했다.

"실망했어요, 염 오빠."

그 말을 남기고 희진은 크리스티나를 뒤따라 나갔다.

"……."

자신에게 가장 가까운 두 여인에게 상처를 입혔다. 송염은 그 사실이 못 견디게 괴로웠다.

그런 괴로움에 휘발유를 붓고 불을 지르는 인간이 있었다.

아버지다.

아버지는 한껏 비꼬는 어투로 말했다.

"내, 그럴 줄 알았다. 사람이 그렇게 야박하면 못쓰는 법이다."

송염도 비꼬기에는 일가견이 있었다. 다 집안 내력이다.

"어렸을 때 다른 아이들처럼 아버지에게 가정교육을 못 받아서 그렇습니다."

"큼."

아버지는 헛기침을 하더니 주섬주섬 무언가를 꺼내놓았다.

"……??!!"

아버지가 내놓은 것은 지름이 20센티 정도인 원형 방패 미니어처였다. 송염은 그 방패의 색깔과 장식에 주목했다.

아무런 장식이 없는 유백색 방패.

또 하나의 아티팩트임이 분명했다.

방패로 송염의 주목을 끈 아버지가 말했다.

"지팡이는 선물이라 치고……. 이거 사라."

"……."

송염이 뭐라 반박하려 할 때 아버지의 입에서 충격적인 말이 흘러나왔다.

"너 지금 친구들이랑 던전을 돌고 있지?"

"어떻게……. 그 일을……."

"너 오기 전에 세 끼 연속 사슴 고기가 든 요리들을 먹었다. 요리가 엉망이더구나. 먹어야 힘을 쓰니 요리사에 신경 좀 써야겠더라. 사슴 고기는 과일 소스와 어울리는 법이다.

그리고 네 옆의 보따리에서 진한 웅담의 냄새가 난다. 아마도 곰을 잡았겠지. 곰 다음은 고양잇과 맹수일 테고 또 그다음은……. 흠, 관두자. 미리 알아서 좋을 건 없다."

"……."

"어떻게 딘전의 존재를 알았느냐고 물어보지 마라. 내가 말할 수 있는 정보가 아니다. 그리고 조바심은 금물이다. 자연스럽게 때가 되면 알 수 있을 것이다."

혼자서 북 치고 장구 치고 태평소까지 부는 아버지다.

덕분에 송염은 질문을 할 타이밍을 놓치고 말았다. 아버지가 몸을 송염 쪽으로 굽히며 아주 조용히 말했다.

"어쨌든 지금까지는 내 아들답게 잘하고 있다. 이제 얼마 안 남았다. 몸조심하고 돈 많이 벌어라."

'내 아들' 이란 단어에 즉각적인 알레르기 반응이 생겼지만 뒤이어진 '돈 많이 벌라' 는 덕담이 그 반응을 희석시켜 주었다.

"그래도 한 가지만 묻겠습니다. 빈 딘전이 있었습니다. 우리 말고 아티팩트를 가진 이들이 또 있습니까?"

아버지는 잠시 망설이더니 어두운 표정으로 대답을 해주었다.

"…그렇다. 아까도 말했지만 내가 해줄 수 있는 말은 여기까지다. 더는 묻지 마라."

하지만 송염은 다시 물었다.

"방패! 얼맙니까?"

어두웠던 아버지의 표정이 봄날 처녀의 살랑거리는 속마음처럼 활짝 펴졌다.

아버지는 검지를 펴며 말했다.

"1억!"

"흥! 1,000만 원."

"네 파티에서 가장 절실한 직업이 탱커일걸? 이 방패는 탱커용이다. 9,000만 원!"

"먹고 죽으려고 해도 그런 돈은 없습니다. 지금 이곳 꼴을 보고도 그런 금액이 나옵니까? 1,500만 원!"

"문파를 만든 일은 정말 잘했다. 앞으로 잘 성장시켜 나가라. 8,000만 원!"

"잘 성장시키시라는 분이 그렇게 돈을 밝히십니까? 2,000만 원!"

"돈을 밝히는 것이 아니다. 다 아티팩트를 찾는 데 들어갔다. 넌 내가 나 혼자 호의호식하는 걸로 보이냐? 7,000만 원!"

송염의 눈에 아버지의 구멍 난 양말과 팔꿈치가 헤진 양복이 들어왔다.

마음이 짠해졌다.

하지만 그래도 질 순 없었다.

'어떻게 모은 피 같은 돈인데……'

결국 송염은 최후의 수단을 사용했다.

"지금까지 미지불된 양육비로 퉁 치죠. 3,000만 원!"

카운터펀치를 맞고도 아버지는 역시 아버지답게 뻔뻔했다.

"어른은 어른의 사정이 있는 법이다. 6,000만 원!"

"어른의 사정이라고요? 절대로 인정 못 합니다. 4,000만 원!"

"이번은 지구 반대편까지 날아가야 한다. 비용이 많이 든다. 5,000만 원."

"좋습니다. 딜입니다."

"나도 딜이다. 너 참 징그럽구나."

드디어 금액이 송염이 처음 생각했던 절충점에 도달했다. 어쩌면 아버지도 그 정도 금액을 원했을지도 모른다는 생각이 들었다.

"다 어머니 닮았는데 돈 문제만 아버질 닮아서 그렇습니다. 그런데 지구 반대편이라뇨?"

"이번에는 남미의 칠레로 간다."

"칠레라뇨? 잉카 제국의 보물이라도 찾으러 가는 겁니까?"

"넌 그딴 황금 쪼가리가 아티팩트보다 더 값어치가 있다고 생각하느냐?"

"그딴 황금 쪼가리라고 말하는 분 치고는 과하게 돈타령을 하시는 것 같은데요."

"헛험, 내가 이번에 가는 여행지는 칠레의 이스터 섬이다."

"이스터 섬이면 모아이 상이 있는……."

"맞다."

모아이(Moai)는 칠레의 이스터 섬에 있는 사람 얼굴 모양의 석상을 말한다.

이스터 섬에는 작은 것은 20톤 무게에 삼사 미터 정도의 크기지만 큰 것은 20미터에 무게가 90톤이 넘는 모아이 석상이 섬 전체에 600개가량이 흩어져 있다.

"그곳에서 뭘 찾겠다는 말입니까?"

"말할 수 없다."

아버지는 비밀이라고도, 모른다고도 하지 않았다. 그저 말할 수 없다고 말했다.

송염은 아버지의 주름 속에 감춰진 눈을 똑바로 바라보았다.

밉지만 미워할 수 없는 사람.

단 한 번도 부정이라고는 느껴본 적이 없지만 어쩔 수 없이 자신의 아버지인 바로 그 사람의 눈은 이상하리만큼 슬픔을 담고 있었다.

'빌어먹을…….'

결국 송염은 더 이상 질문을 던지지 못했다.

대신 이렇게 말했다.

"오늘 저녁 식사는 곰 고기 스테이크입니다. 철중이가 요리하기로 했으니 먹을 만할 겁니다."

아버지의 표정이 밝아졌다.

"술도 있냐?"

"여긴 문수권을 닦는 도장입니다. 술이라니요."

"절도 아니고 교회도 아니면서 무슨……."

"사오라고 하겠습니다."

"고기엔 적포도주지! 난 간단하게 사또 무똥 로췰드 정도면 된다."

"……."

하마터면 송염은 아버지에게 퍽큐를 날리는 패륜을 저지를 뻔했다.

일전 아버지가 마셨던 돈 페리뇽 이후 송염은 상식 차원에서 고가의 와인들에 대해 알아본 적이 있다.

그래서 송염은 사또 무똥 로췰드란 와인의 가격이 눈알이 튀어나올 만큼 비싸다는 사실을 잘 알고 있었다.

"1945년산이 소더비에서 3억에 낙찰되고 2000년산이 한국에서 1,200만 원밖! 에! 안 하는 바로 그 싸! 구! 려! 술 말입니까?"

송염이 눈을 부라리자 아버지가 재빨리 뒤로 물러났다.

"아~ 아니다. 그냥 와인이면 된다. 정 없으면 맥주나 소주도 좋다."

"쉬십시오. 준비되면 부르겠습니다."

"알았다. 그리고… 크리스틴 말이다."

"아까 일은 제 실수입니다. 정식으로 사과드립니다. 그리고 크리스틴에게도 사과하겠습니다."

"고, 고맙다."

송염은 방패를 건네받고 밖으로 나왔다.

* * *

우선 송염은 크리스티나부터 찾았다.

크리스티나는 희진의 품에 안겨 펑펑 울고 있었다.

"흐흐흐흑! 언니, 저 어떻게 해요. 그냥 에스토니아로 돌아갈까 봐요."

"그만 그쳐. 염 오빠도 진심으로 한 말이 아니야."

"아니에요. 요즘 오빠가 얼마나 저에게 쌀쌀맞게 대하는데요. 아까도 봐요. 딱 잘라서 여동생이 아니라고 하잖아요."

"염 오빠가 아버지 때문에 화가 나서 툭 뱉은 말이래도. 괜한 불똥이 크리스틴에게 튄 거지."

"정말 그럴까요?"

"그렇고말고. 그리고 생각해 봐. 평생 혼자였는데 어느 날 갑자기 노란머리 외국인 동생이 생긴 셈인데 얼마나 어색하고 당황되겠어. 그런 상황에서 화가 나니 잘못 나온 말일 거야."

확실히 희진의 말이 맞았다.

화를 낼 상대는 아버지지 크리스티나가 아니었다.

송염은 남자답게 담백하게 사과했다.

"크리스틴 미안해. 내가 잘못했다. 그만 용서해라. 넌 내 동생이다."

"흐흐흑, 그 말 정말이에요?"

"정말이고말고. 그러니 이제 그만 그쳐."

"정말이면 한 가지만 약속해줘요."

"알았어. 약속할게 그만 울어."

송염의 대답을 들은 크리스티나가 희진의 가슴에 묻었던 얼굴을 돌렸다. 그녀는 울고 있던 목소리와 어울리지 않게 미소 짓고 있었다.

그 모습을 본 순간 아차 싶었다.

크리스티나는 고작 '내 동생이 아니라는 말' 따위로 상처받을 만큼 유리 멘탈의 소유자가 아니었다.

오히려 생판 모르는 한국에 혼자 남겨졌음에도 기죽기는

커녕 회진을 데리고 클럽에 놀러갈 정도로 활달한 성격을 가졌다.

아니나 다를까, 크리스티나의 입에서 우려하던 요구가 흘러나왔다.

"나도 던전에 갈래요."

"……."

절대로 피하고 싶은 상황이다.

크리스티나는 유럽에서 자라서인지 기본적으로 지극히 개인적이고 자유분방한 성격을 가졌다.

온라인 게임 캐릭터에 비하자면 솔로잉 플레이에 적합하지 파티 플레이에 적합한 성격이 아니라는 이야기다.

송엽이 망설이자 크리스티나가 울상을 지으며 채근했다.

"약속했잖아요."

"……."

결코 쉽게 대답할 수 없는 문제다.

송엽은 사냥 중 급박한 상황이 닥쳤을 때 벌어질지 모르는 크리스티나의 돌발적인 행동을 제어할 방법을 딱히 찾지 못하고 있었다.

송엽이 망설이며 대답하지 않자 희진이 크리스티나를 돕고 나섰다.

"약속했잖아. 들어줘. 지팡이도 생겼는데……."

희진에게 그런 말까지 듣고 나니 더 이상 거부할 방법이 없었다.

"좋아. 던전에 데려갈게. 하지만 너도 한 가지 약속을 해야겠어."

"뭐든지요."

"던전 안에서 무조건 내 말을 따를 것. 그렇지 않으면 그 순간 던전은 끝이야."

"무조건요?"

"그래, 무조건! 무조건이야."

"아, 알았어요."

대답은 하고 있지만 크리스티나의 눈빛 속에서는 그 어떤 긴장감이나 약속의 무거움 따위는 보이지 않았다.

$$* \qquad * \qquad *$$

강철중은 방패를 받고는 어쩔 줄 몰라 했다.

"탱커용 아티팩트라고?"

"그렇다고 하더라. 정확한 건 내일이라도 너희 공장에 가서 확인해 봐야겠지만 말이야. 크리스틴도 지팡이를 얻었으니 그것도 확인해야 하기도 하고."

"나야 고맙지만 이런 귀한 물건을 성큼 받아도 되나 싶다.

나보단 동식이가 더 필요하지 않을까?"

"동식이는 문수권 때문에 아티팩트를 못 쓰는 거 알면서. 그리고 우리 파티의 탱커는 어디까지나 너야."

그제야 강철중은 방패를 받아 들었다.

"그렇다면 알았다. 이왕이면 좋은 스킬이 나오면 좋겠다."

"무슨 스킬이 나왔으면 좋겠어?"

온라인 게임 마니아답게 강철중의 대답은 이미 정해져 있었다.

"당연히 어그로 관리 스킬이지. 지금은 몬스터가 날 공격하다가도 동식이가 공격하면 어그로를 뺏겨 버려 사냥이 힘들잖아."

온라인 게임에서의 어그로란 일종의 적대 성향을 말한다.

파티원 개개인은 몬스터에게 주는 공격량과 스킬의 종류에 따라 일정수치만큼 어그로를 가진다.

그리고 이 어그로는 몬스터가 공격 목표를 선정하는 기준이 된다.

다시 말해 탱커가 가진 어그로보다 더 강한 딜러의 공격 데미지가 들어가거나 힐러가 어그로 수치가 높은 대규모 파티힐 같은 스킬을 사용하게 되면 몬스터는 공격 목표를 탱커에서 딜러나 힐러로 바꾼다는 이야기다.

이때 필요한 것이 바로 탱커의 어그로 관리 스킬이다.

탱커는 딜러나 힐러를 공격하려는 몬스터의 어그로를 어그로 관리 스킬로 다시 가져와 몬스터가 자신을 공격하게 만든다.

따라서 파티 사냥에서 어그로 관리는 무척 중요하다. 어그로 관리가 잘 되지 않으면 파티는 이리저리 튀는 어그로 때문에 매우 불안정한 사냥을 하게 되고 그만큼 위험에 빠질 확률이 높아진다.

다음 날 저녁 일행은 강철중의 공장으로 향했다.

확연히 건강해진 강철중의 아버지가 일행을 반갑게 맞아주었다.

"다들 어서 와라. 철중이에게 이야기는 들었다. 신경 쓰지 말고 마음껏 쓰거라."

"감사합니다, 아버님."

희진은 인사가 끝나기가 무섭게 강철중의 아버지에게 힐을 난사했다.

철중 아버지의 안 그래도 좋았던 혈색이 한층 더 좋아졌다.

"고맙다. 네 덕분에 잘하면 손자를 안아볼 수 있겠구나."

느닷없는 손자 타령에 강철중이 기겁을 했다.

"내참, 아버지도……. 저 사귀는 사람 없는 거 뻔히 아시면서 왜 그런 말씀을 하세요."

"자랑이다. 말 나온 김에 우리 희진이 어떠냐? 예쁘고 똑똑하고 참하고 난 대환영이다."

"그냥 동생일뿐이에요. 그리고 희진이는 따로 좋아하는 사람이 있어요. 그렇지 희진아?"

홍시처럼 얼굴이 붉어진 희진이 대답했다.

"저, 전혀 안 똑똑해요. 저희 탈북자들은 원하면 어느 대학이나 특차로 입학할 수 있어요. 게다가 국립대학은 학비도 전액면제고 사립대학은 50퍼센트 면제죠. 좋은 대학 좋은 학과를 다닌다고 해서 머리가 똑똑한 건 아니란 말이에요. 그리고……."

희진이 전기 용융로를 조작하고 있는 송염을 살짝 쳐다본 후 말했다.

"철중 오빠 말대로 전 좋아하는 사람이 있어요."

희진의 대답을 들은 철중 아버지는 실망하는 기색을 감추지 못했다.

"그거 아쉽게 됐구나. 정말 아쉽게 됐어."

"아쉽기는 뭐가 아쉬워요. 그리고 몸 좀 괜찮아지셨다고 요즘 너무 무리하고 계세요. 빨리 들어가 쉬세요."

강철중은 반 강제로 아버지를 돌아가시게 한 후 희진에게 정중히 사과했다.

"미안하다. 괜히 아버지 때문에……."

"아니야, 철중 오빠. 준비됐네. 얼른 가보자."

"그래, 알았다."

애써 밝게 대답은 했지만 전기 용융로로 달려가는 희진의
뒷모습을 바라보는 강철중의 눈빛은 무척 서글퍼 보였다.

일련의 과정을 거쳐 강철중은 방패의 주인이, 크리스티나
는 지팡이의 주인이 되었다.

스킬을 확인한 강철중은 주어진 스킬이 그리 반갑지 않은
눈치였다.

"스턴 스킬이 방패 기본 스킬이다."

—스턴(Stun) Lv1

종류:방패 기본 스킬.

대상을 강하게 때려 5초간 기절시킨다.

하루에 5번 사용할 수 있다.

방패 착용자가 있는 장소의 시간대 기준으로 밤 12시에 사용횟
수는 리셋 된다.

스턴 스킬에 대한 설명을 들은 송염의 생각은 실망한 강철
중과 달랐다.

"왜? 좋은데. 5초면 웬만한 몬스터는 쉽게 죽일 수 있는 시

간이잖아. 게다가 레벨이 오를수록 횟수와 지속시간이 늘어
나기도 하고."

"그, 그런가?"

"당연하지. 게다가 지금까지 팔찌나 반지의 예를 보자면
다음 레벨은 초급탱커일 거고 방패 마스터리와 마나 차지 스
킬이 생기겠지. 그리고 어그로 관리 스킬도 생길 거야. 그렇
게 되면 사냥은 더 편해질 거고."

송엽은 강철중을 달랜 후 크리스티나에게 물었다.

"네 건 뭐야?"

크리스티나도 강철중처럼 자신의 스킬이 마음에 들지 않
았는지 전혀 만족한 표정이 아니었다.

"내 건 정말로 이상해."

"뭔데? 정확히 말해봐."

"슬로우……."

—슬로우(Slow) Lv1

종류:풀 기본 스킬.

대상의 속도를 20퍼센트 느리게 한다.

하루에 5번 사용할 수 있다.

풀 착용자가 있는 장소의 시간대 기준으로 밤 12시에 사용횟수
는 리셋 된다.

"마법사하면 파이어 볼 아닌가? 공격마법도 아니고 슬로우라니, 정말 너무해."

강철중 못지않은 온라인 게임 마니아인 크리스티나의 입이 몇 발이나 튀어 나왔다.

이번에도 송염의 생각은 크리스티나와 달랐다.

"실망할 필요없어, 크리스틴. 슬로우는 움직임뿐만이 아니라 공격 속도 또한 느려질 것이 분명해. 다음에 우리가 잡을 상대가 뭐지?"

"타이거! 속도가 느려지면 확실히 편하겠구나."

"바로 그거야. 힘으로 상대하는 몬스터야 별 영향이 없겠지만 속도가 우선인 몬스터는 사냥하기가 무척 편해질 게 분명해."

크리스티나의 얼굴이 활짝 펴졌다.

"철중 오빠, 나도 갑옷 만들어줘."

"알았어. 하지만 일전의 그 비키니 디자인은 안 돼. 너무 위험해."

"쩝, 온라인 게임에선 여성 캐릭터는 가리는 부위가 적을수록 방어력은 높아지는 법인데……."

"여긴 현실이니까?"

두 사람의 대화에서 송염은 자신이 놓치고 있던 한 가지 사실을 깨달았다.

송염은 희진에게 물었다.

"희진아, 네 스킬 중 코스튬 마스터리가 있었지?"

"응, 오빠. 직업에 맞는 옷을 입으면 마나 사용량이 최대 50퍼센트까지 감소한다. 그런데 왜?"

"크리스틴의 말이 맞을지도 모른 다는 생각이 들어서. 일전에 철중이를 통해 비키니 갑옷을 만들어 둔 것이 있거든? 한번 입어보자."

희진의 반응은 간단했지만 확실한 의미를 담고 있었다.

"변태."

"아냐. 그런 뜻이 아냐."

당황한 송염의 반응을 즐기던 희진이 말했다.

"알았어, 믿어지진 않지만 입어보긴 할게."

송염은 비키니 갑옷을 희진에게 넘겨주었고 희진은 갑옷을 들고 방으로 들어갔다.

잠시 후 방에서 나온 희진의 표정은 무척 슬퍼 보였다.

"왜 효과가 없었어?"

희진이 힘없이 대답했다.

"아니. 효과는 있었어. 힐러 Lv2에서 힐은 한 번 시전에 전체 마나 양의 8퍼센트의 마나를 소모해. 그러니 마나가 가득일 때 모두 열두 번의 힐을 사용하면 4퍼센트의 마나가 남아야 정상이야. 그런데 조금 전 난 정확히 25번의 힐을 사용할 수 있었어."

"생각대로군. 그런데 표정이 왜 그래? 어디 아파?"

"아, 아니야."

"그렇다면 다행이고. 어쨌든 잘됐다. 이번 던전은 그 갑옷을 입고 하자."

"싫어."

희진은 칼로 무를 베듯 단칼에 송염의 제안을 거절했다.

"왜 싫어? 부끄러워서 그래?"

"아냐, 그냥 싫어."

"그리지 말고……."

송염이 희진을 설득하는 모습을 보던 크리스티나가 강철중에게 말했다.

"염 오빠, 정말 여자에 대해 아무것도 모르죠?"

"……."

여자에 대해 모르기는 강철중도 송염에게 지지 않는다. 강철중이 대답을 못하고 우물쭈물거리자 크리스티나가 쐐기를 박았다.

"친구 두 사람이 정말 똑같아. 하긴, 그래서 친군가요?"

송염은 크리스티나의 말에서 희진이 왜 이런 말을 하는지 알아차렸다.

자신의 무신경함에 스스로에게 화가 날 지경이었다.

희진은 아무리 더운 여름날에도 무릎 위로 올라가는 치마나 반바지를 입지 않는다.

'일전 희진이 집에 자러 갔을 때 희진이가 놀라서 방으로 사라졌었지. 그때도 그랬어. 희진이는 속살을 보여주는 것을 싫어해.'

희진이 몸을 드러내기를 싫어하는 이유는 송엽도 알고 있었다.

'상처 때문이야. 희진의 온몸을 뒤덮고 있는 보기 싫은 상처들.'

그때 한 가지 생각이 떠올랐다.

"희진아, 혹시 너 네 몸에 힐을 써본 적 있어?"

"아니……. 그건 왜?"

"바보, 다른 사람 상처는 그렇게 치료해 주면서 정작 자신의 상처는 치료 안 했단 말이야?"

"나에게도 힐이 되나? 오빠 버프는 대부분 자기에게는 효과가 없잖아. 그래서 나도 그런 줄로만 알았지."

"아냐, 일전 자동차에 받혔을 때 내 몸에 셀프 힐을 사용했었는데 상처가 바로 아물더라."

"……."

슬퍼 보였던 희진의 표정에 희망의 빛이 깃들었다.

희진이 방으로 달려가려 했다. 송엽은 그런 희진을 말렸다.

"아직 마나가 충분히 안 찼을 텐데……."

"그, 그렇네? 조금 있다가 해봐야겠다."

몇 시간 후 희진이 밝은 모습으로 송엽을 찾아왔다.

그녀는 가슴속 어두운 그림자를 떨쳐 버렸는지 생기 넘치는 목소리로 힘차게 말했다.

"나 그거 입을게."

상처가 사라진 것이다.

*　　　*　　　*

다음 날 아버지는 알토란 같은 송엽의 돈 5,000만 원을 들고 사라졌다.

"또 오마."

"오지 마요."

"그러다 벌 받는다. 내 너를 이렇게 키우지 않았다."

"제 기억과 아버지의 기억이 많이 다르군요. 전 아버지가 절 키워준 기억이 없네요."

"아직도 하나하나 따지는 버릇을 못 고쳤구나. 빨리 고치지 않으면 화병 생긴다. 대충대충이란 단어가 주는 기분 좋은 울림을 절대로 잊지 말아라."

"……."

아버지가 떠나자 송염은 일행과 함께 던전으로 들어갔다.

Chapter 41
다시 던전으로

버퍼
Buffer

각자의 특색을 지닌 5인 파티의 위력은 대단했다.

사냥의 시작은 언제나 그렇듯이 송염으로부터 시작된다.

송염이 파티에 버프를 돌리고 나면 그다음 차례는 희진이다.

희진이 가장 가까이 있는 호랑이를 제외한 다른 시야에 있는 호랑이들에게 피스 스킬을 걸어 바보로 만든다.

희진을 본 호랑이가 달려들면 다음은 크리스티나가 나설 차례다.

크리스티나는 유일한 스킬인 슬로우를 호랑이에게 사용

했다.

허공을 도약해 오던 호랑이의 움직임이 확연히 느려졌다.

슬로우 스킬은 단지 공격이나 지면을 이동시의 움직임에만 효과가 있는 것이 아니라 공중에서의 움직임마저 느리게 만드는 절대적인 효과를 발휘했다.

이렇게 느려진 호랑이를 상대하는 것은 강철중이었다.

"스턴!"

고함 소리와 함께 강철중이 자신에게는 장난감처럼 앙증맞게 보이는 방패로 호랑이를 가격한다.

그 순간 호랑이는 허공에 도약한 그 자세 그대로 기절해 땅으로 떨어진다.

그러면 동시에 대기하고 있던 마동식이 호랑이에게 달려들고 송염은 카운터를 시작한다.

"5, 4, 3, 2, 1."

5초면 마동식의 자신의 무기인 중검으로 호랑이의 급소를 최소한 세 번은 찌를 수 있다.

대부분의 호랑이는 이 5초를 버티지 못했다.

그렇다고 위기의 순간이 없었던 것은 아니다.

강철중의 스턴이 빗나가면 파티는 단숨에 위기 상황에 봉착한다.

이때는 스톤스킨 스킬을 사용할 수밖에 없다. 희진도 힐과 그룹힐을 이용해 파티원을 보호한다.

하지만 이런 경우는 극히 드물었다.

사냥은 이렇다 할 위기의 순간 없이 순조롭게 진행되었다.

오히려 사냥을 위험하게 만드는 것은 희진과 크리스티나였다.

두 여인은 아찔하리만큼 선정적인 비키니 갑옷을 입고 몸을 움직이고 있었다.

당연히 그 모습은 한창대인 청년 세 명의 시선을 어지럽히기 충분했다.

한 마리의 호랑이를 잡은 후에는 송염은 일종의 신성한 의식처럼 희진과 크리스티나가 입은 비키니 갑옷을 감상했다.

희진은 훅 불면 날아갈 것 같은 가냘픈 몸매의 소유자였다. 피부는 검은 편에 속했지만 상처 하나 없이 깨끗해 윤기가 흘러 보기에 좋았다.

반면 크리스티나는 희진과 달리 북유럽 태생답게 나이는 어리지만 발육 상태가 월등했다.

송염은 동생인 크리스티나를 의식적으로 외면했다.

마동식도 동생인 희진을 의식적으로 외면했다.

두 여인을 마음껏 훔쳐보는 이는 강철중이 유일했다.

사냥은 빠르고 안전하고 효과적으로 이뤄졌다.

경험치(?)가 많은 호랑이를 잡아서인지 레벨 업도 빠르게 이뤄졌다.

송염은 오랜만에 레벨 업을 해서 버퍼 Lv5가 되었다.

하지만 달리 특별한 버프를 얻은 것은 없었다.

—마나차지 Lv6

종류:패시브 스킬.

버프를 사용할 때 필요한 마나가 서서히 차오른다.

텅 빈 상태에서 완전히 마나가 차는 시간은 4시간이다.

—셀프 힐 Lv2

종류: 액티브 버프.

특이사항:팔찌 착용자 한정

시전자의 체력을 보충해준다.

한 번 시전할 때마다 4분의 1의 체력이 차고 연속으로 네 번까지 시전할 수 있다.

1번 시전시 마나 소모량은 총 마나 양의 20퍼센트다.

—패스트 워크 Lv2

종류:액티브 버프.

10분 동안 대상의 이동속도를 빠르게 한다.

소요 마나는 마나총량의 15퍼센트다.

—인스턴트 마나 차지 Lv2

종류:액티브 버프.

순간적으로 비어 있는 마나를 가득 채운다.

일일 2회 사용할 수 있다.

팔찌 착용자가 있는 장소의 시간대 기준으로 밤 12시에 사용횟
수는 리셋 된다.

—스톤 스킨 Lv7

종류:팔찌 기본 버프.

한 번에 11분간 지속된다.

하루에 11번 사용할 수 있다.

팔찌 착용자가 있는 장소의 시간대 기준으로 밤 12시에 사용횟
수는 리셋 된다.

희진도 힐러 Lv3이 됐다.

하지만 마나 소모량이 줄고 효과가 늘었을 뿐 별다른 스킬
이 생긴 것은 없었다.

역시 가장 큰 변화를 가진 이들은 레벨이 없었던 강철중과

크리스티나였다.

두 사람 공히 마지막 거대 호랑이를 잡았을 때 탱커와 위저
드 레벨이 각각 Lv3가 되었다.

던전 한 개를 클리어하고 수습 레벨을 포함해 무려 4레벨
이라는 엄청난 레벨 업을 한 것이다.

─탱커 Lv3

─마나 차지 Lv4
종류:패시브 스킬.
스킬을 사용할 때 필요한 마나가 서서히 차오른다.
텅 빈 상태에서 완전히 마나가 차는 시간은 8시간이다.

─코스튬 마스터리 Lv4
종류:패시브 스킬.
직업에 맞는 옷을 입으면 마나 사용량이 최대 65퍼센트까지 감
소한다.

─프로보케이션(Provocation:도발) Lv4
종류:액티브 스킬.
대상을 도발하여 대상의 적의를 나에게 돌린다.

마나 소모량은 총 마나 양의 5퍼센트다.

―와이드 프로보케이션(Wide Provocation:광역도발) Lv3

종류:액티브 스킬.

다수의 대상을 도발하여 그 대상들의 적의를 나에게 돌린다.

마나 소모량은 총 마나 양의 20퍼센트다.

―스턴 Lv5

종류:방패 기본 스킬.

대상을 강하게 때려 5초간 기절시킨다.

하루에 10번 사용할 수 있다.

방패 착용자가 있는 장소의 시간대 기준으로 밤 12시에 사용횟
수는 리셋 된다.

탱커의 스킬은 심심하다 못해 허무할 정도로 심플했다.

하지만 그 효용은 탱커의 역할에 비추어 봤을 때 다른 어떤
스킬들보다도 위력적인 것이었다.

가장 극적인 변화를 보인 것은 역시나 위저드인 크리스티
나였다.

―위저드 Lv3

—마나 차지 Lv4

종류:패시브 스킬.

스킬을 사용할 때 필요한 마나가 서서히 차오른다.

텅 빈 상태에서 완전히 마나가 차는 시간은 8시간이다.

—코스튬 마스터리 Lv4

종류:패시브 스킬.

직업에 맞는 옷을 입으면 마나 사용량이 최대 65퍼센트까지 감소한다.

—파이어 볼(Fire Ball) Lv4

종류:액티브 스킬.

화염의 구를 날린다.

화염의 구의 사정거리는 20m다.

화염의 구는 대상에 부딪치면 폭발한다.

마나 소모량은 총 마나 양의 5퍼센트다.

—매직 애로우(Magic Arrow) Lv3

종류:액티브 스킬.

지정한 대상에 무속성의 화살을 날린다.

무속성 화살의 사정거리는 20m다.

무속성 화살은 절대로 빗나가지 않는다.

마나 소모량은 총 마나 양의 5퍼센트다.

—슬로우(Slow) Lv6

종류:폴 기본 스킬.

대상의 속도를 20퍼센트 느리게 한다.

하루에 10번 사용할 수 있다.

폴 착용자가 있는 장소의 시간대 기준으로 밤 12시에 사용횟수
는 리셋 된다.

확실히 위저드란 직업답게 크리스티나가 얻은 스킬들은
공격마법이 주였다.

그중에서 가장 많이 써먹는 스킬은 슬로우를 제외하면 단
연 절대로 빗나가지 않는 매직 애로우였다.

반면에 파이어 볼은 그다지 많이 사용할 수 없었다. 위력은
컸지만 명중하면 폭발하는 파이어 볼은 파티사냥에는 그다지
유용한 스킬이 아니었다.

두 직업은 탱커와 위저드 공히 힐러처럼 코스튬 마스터리
가 있다는 점이 특이했다.

아니, 어쩌면 이들 직업이 특이한 것이 아닐지도 몰랐다.

거꾸로 말하면 네 명의 아티팩트 소유자 중 유일하게 송염만이 코스튬 마스터리가 없다는 의미이기 때문이다.

"나만 없어."

송염이 툴툴거리자 강철중이 대꾸했다.

"네 직업은 아무거나 주워 입어도 상관없다는 이야기지. 사실 넌 우리에게 버프를 주고 나면 할 일이 없잖아."

"……."

씁쓸하지만 강철중의 말은 진실이었다.

파티가 안정될수록 송염의 역할은 줄어만 갔다. 송염은 버프를 준 다음 뒤로 물러나 상황을 지켜보는 일 이외에는 할 일이 없었다.

물론 처음에는 무기를 들고 마동식과 함께 공격도 해보았다.

그러나 송염에게 돌아온 것은 마동식의 핀잔뿐이었다.

"거치적거려."

무술을 정식으로 배운 적이 전혀 없는 송염과 본연의 능력만으로 KUFC 챔피언을 쉽게 이길 수 있는 실력자 마동식의 조합은 불협화음 그 자체였다.

'생각하면 할수록 버퍼는 매력이 없는 직업이야.'

하지만 달리 방법이 없었다.

하나의 아티팩트의 주인이 된 자는 다른 아티팩트를 가질 수 없기 때문이다.

　사냥의 대미를 장식하는 거대 두발 호랑이를 사냥한 후 송염은 다시 툴툴거리기 시작했다.

　"이놈도 거지야."

　멧돼지에서 다이아몬드를 얻은 이후 송염은 가능만 했으면 던전으로 엑스레이 기계를 가져올 기세였다. 어쨌든 그런 일은 불가능했고 대신 송염은 모든 사냥감을 철저하게 검사했다.

　그런데 성과가 없었다.

　송염은 지금까지 단 하나의 금화나 보석도 얻지 못하고 있었다.

　"게다가 호랑이는 가죽도 고기도 못 써먹어."

　다른 것도 아니고 팔려는 즉시 경찰의 방문을 받을 것이 분명한 호랑이 가죽이니 벗겨 나간다 해도 처지 곤란한 애물단지일 뿐이다.

　고기의 경우도 곰이 더 좋았다. 의외로 곰 고기는 소고기에 비해서도 손색이 없을 정도로 맛이 있었지만 호랑이 고기는 맹수 특유의 역한 누린내 때문에 아무리 짠돌이 송염이라도 차마 문도들의 식탁에 올리길 포기할 수밖에 없었다.

　"다음 던전을 기대하는 수밖에……."

송염은 간절한 소망을 가지고 붉은 문을 열었다.

그리고 말했다.

"이놈의 던전은 단 한 번도 상식대로 가는 법이 없어."

붉은 문 밖으로 펼쳐진 공간은 지금까지의 동굴과 달랐다.

푸른 하늘, 눈부신 햇살을 머리에 인 검붉은 계곡이 펼쳐진 그 풍경은 앞선 동굴과는 또 다른 정경이라 할 수 있었다.

물론 그 풍경은 신선하다거나 온화하다는 감정과는 거리가 먼 생소함이었다.

송염은 저 멀리에서 파티가 상대해야 할 몬스터의 모습을 발견했다.

이번 던전의 몬스터는 기존 던전의 몬스터들과 여러모로 달랐다.

우선 몬스터는 한 마리가 아니라 10여 마리가 무리지어 뭉쳐 있었다. 그리고 또 몬스터는 두발로 서 있었고 무어라 떠들고 있었으며 무엇보다 1미터 정도 되는 작은 키를 가지고 있었다.

송염은 몬스터를 본 자신의 감상을 가감없이 이야기했다.

"어린아이들 아냐?"

송염 말마따나 몬스터는 얼핏 보면 아이들이 웃고 떠들고 있는 것처럼 보이기도 했다.

아이를 닮은 몬스터의 정체는 강철중이 알고 있었다.

"고블린이야!"

"고블린?"

크리스티나가 강철중의 말을 확인해주었다.

"1미터 정도 되는 작은 키에 뾰쪽한 귀와 튀어 나온 코 그리고 갈색 피부. 고블린이 분명해요."

"그러니까 고블린이 뭐냐고?"

"간단하게 말해 인간형 몬스터 중 가장 약한 존재예요."

"그래? 그 말을 들어서 그런지 별로 위험해 보이지 않네."

"실제로도 그래요. 어쨌든 먹이사슬의 최하위니까요."

자신들을 무시하는 대화를 들었는지 일행을 발견한 고블린 무리가 달려오기 시작했다.

끼끼긱!

끼끽!

고블린들의 달리는 자세는 걸음마를 막 시작한 아기가 아장아장 대는 것 같아 우스꽝스럽게 보였다.

"막 걸음마를 한 아이들이 위태롭게 뛰는 것처럼 보여."

고블린들이 근접해 오자 그들의 모습을 좀 더 자세히 볼 수 있었다.

고블린들은 인간형 몬스터답게 무기를 가지고 있었다. 하지만 그 무기는 곰의 솥뚜껑만 한 손바닥보다도, 멧돼지의 강인한 이빨보다도, 호랑이의 날카로운 송곳니보다도 비루하고 하찮아 보였다.

그도 그럴 것이 검은 녹이 슬어 당장에라도 부스러질 것 같았고, 창 역시 낡아 빠질 대로 빠져 창극이 어디론가 사라져 막대기처럼 보일 정도였던 탓이다.

활을 든 고블린도 두 마리 있었지만 상태는 별반 다르지 않았다.

고블린이 든 활은 장난감 마트에서 파는 아이용 접착식 활처럼 작고 앙증맞아 단 한 줌의 위협조차 느껴지지 않았다.

고블린이 입고 있는 옷은 무기보다 더 해보였다.

가죽끈과 지푸라기를 꼬아 대충 걸친 옷은 낡을 대로 낡아 거지가 형님하고 고개를 숙여도 조금도 이상하지 않을 지경이었다.

고블린들의 모습을 본 송염은 그다운 결론을 내렸다.

"이놈들도 거지군. 돈 되는 몬스터는 언제 나오는 거야."

"희망을 잃지 말아요. 고블린은 까마귀처럼 반짝이는 것을 좋아해서 이런저런 물건들을 둥지에 모아두는 경우가 많아요."

크리스티나의 설명은 실망한 송염에게는 천사의 목소리와 다를 바 없었다.

실망이 희망으로 변했고 목소리가 밝아지고 커졌다.

반짝이는 물건은 고블린보다 송염이 열 배는 더 좋아했다.

송염은 일행을 돌아보며 말했다.

"뭐해? 반짝이는 거 주우러 가자고."

"……."

"……."

"……."

"……."

Chapter 42
폭템

Buffer

　적을 얕보고 준비없이 시작된 전투는 시작부터 삐걱거리
기 시작했다.

　고블린들은 지금까지의 몬스터처럼 무대포로 접근하지 않
았다.

　놀랍게도 열두 마리의 고블린이 일행의 10미터 앞까지 접
근하더니 이열종대로 진형을 만들었다.

　끼끼끼끽!

　끼끼끽!

　앞줄은 허름한 나무방패와 녹슨 칼을 든 무리였고 뒷줄은 창극이 안 달린 창. 즉 긴 막대기를 든 무리가 섰다.

"몬스터가 저래도 되나 싶네?"

"고블린은 약한 만큼 집단생활을 하죠. 상명하복도 철저한 편이라고 알고 있어요."

"아무리 그래도……."

송염이 기막혀 하고 있을 때 고블린들이 먼저 공격을 시작했다.

당초 창이라고 생각했던 기다란 막대기는 긴 대롱이었다. 앞줄의 고블린들이 경계 자세를 취하자 뒷줄의 고블린들이 대롱을 입에 물었다.

그 모습을 본 송염은 당황했다.

"바람 총! 맞지 않도록 주의해."

명령은 했지만 그 명령이 지켜지긴 어려웠다.

바람총이 쏘는 가는 화살은 눈에 보이지 않을 만큼 가벼웠고 또 빨랐다.

"앗!"

크리스티나가 비명을 질렀다.

돌아보니 크리스티나의 팔에 길이 5센티 정도 되는 가는 화살이 박혀 있었다.

"위험해. 고블린은 약한 대신 독을 써."

온몸을 중갑으로 둘러 상대적으로 안전한 강철중이 앞으

로 뛰어나가며 경고했다.

송염의 머리가 바쁘게 돌아갔다.

"희진아~ 최대한 뒤로 물러나서 안티 포이즌을 사용해."

"아……. 알았어."

송염의 명령을 받은 희진이 다급히 뒤로 물러났다.

희진의 복부에도 화살은 박혀 있었다.

"안티 포이즌. 안티 포이즌."

송염은 희진의 마나를 계산했다. 안티 포이즌 한 번에 마나 10퍼센트가 소모된다.

이제 두 번 사용했으니 남은 마나는 80퍼센트. 자칫 잘못하면 마나 부족으로 파티가 독에 중독되어 몰살당할 수도 있다는 생각이 들었다.

'쥐방울만 한 것들이 신경 쓰이게 하네.'

송염은 파티 전원에게 스톤 스킬을 걸었다.

실전을 통한 수련이 목적인 마동식에게는 안 된 일이지만 파티의 안전을 위해서는 어쩔 수 없는 선택이었다.

"스톤스킨, 스톤스킨, 스톤스킨, 스톤스킨!"

지금의 송염이 있게 한 스톤스킨 버프는 어떠한 위급상황에서도 파티를 지켜주는 동아줄과 같았다.

스톤스킨 버프를 받은 강철중과 마동식이 날아오는 화살을 튕겨내며 고블린을 공격했다.

고블린들도 끽끽대며 녹슨 검을 휘둘렀다.

하지만 버프를 받아 무적 상태인 두 사람을 이길 방법은 전혀 없었다.

여기에 크리스티나가 가세했다.

"매직 애로우! 매직 애로우!"

매직 애로우는 격렬하게 움직이는 고블린을 집요하게 추적해 명중시켰다.

절대로 빗나가지 않는 매직 애로우는 전투에 많은 이점을 가져다주었다.

하지만 아쉬운 점도 있었다.

매직 애로우는 의외로 치명적인 위력은 없었다. 매직 애로우에 맞은 고블린이 입은 타격은 다리를 절고 손을 못 쓰게 되는 정도에 지나지 않았다.

어쨌든 고블린들은 탱크가 짓밟고 지나간 보리밭처럼 우수수 쓰러졌고 전투는 마무리 단계로 들어갔다.

그때 놀라운 일이 벌어졌다.

지금까지 송염이 맞닥뜨린 몬스터들은 죽는 그 순간까지 미친 듯 공격만을 계속했다.

그런데 고블린은 달랐다.

끼끼끽!

끼끽!

고블린 두 마리가 냅다 도망쳤다.

"저래도 되나?"

송염의 질문에 강철중이 고블린을 쫓으며 외쳤다.

"요즘은 못 이기겠으면 도망가는 몬스터가 온라인 게임의 기본이야."

크리스티나도 도망치는 고블린에게 매직 애로우를 발사하며 소리쳤다.

"오빠도 온라인 게임을 좀 해야겠어요. 파티장이 몰라도 너무 몰라요."

아티팩트 마법의 사정거리는 최대 20미터다.

고블린은 그 20미터를 지점을 막 넘고 있었다.

"희진아 피스!"

"피스! 피스!"

희진이 피스 스킬을 사용했고 고블린들이 멈춰 섰다.

그리고 동시에 무척 행복해하는 고블린의 머리에 곤봉과 중검과 매직 애로우가 박혔다.

*   *   *

우왕좌왕 첫 번째 전투를 끝낸 송염은 전투 방식을 대폭 바꿀 필요성을 느꼈다.

"이대론 안 되겠다. 마나소모가 너무 많아 너무 비효율적
이야."

몬스터와 몬스터의 간격이 좁으면 상관없겠지만 이번 던
전인 계곡은 언뜻 가늠해 봐도 그 길이가 지금까지 거쳐 온
동굴 던전에 비해 수 배는 길어 보였다.

송염이 생각해 낸 방법은 지금까지 봉인하고 있던 크리스
티나의 파이어 볼 마법을 사용하는 것이었다.

우선 무리 지어 있는 고블린에게 강철중이 달려들어 광역
도발 스킬을 사용한다.

동시에 송염은 강철중에게 스톤스킨 스킬을 사용하고 크
리스티나는 강철중을 향해 파이어 볼을 발사한다.

폭발을 통해 범위로 피해를 주는 파이어 볼은 강철중의 광
역도발에 걸려 잔뜩 모여든 고블린들에게 파멸적인 결과를
가져올 것은 분명했다.

다만 문제는 마동식의 수련이었다.

송염의 제안을 들은 마동식은 단호하게 말했다.

"저런 꼬맹이들을 대상으로 수련하면 그나마 있던 실력도
떨어지겠다."

새로운 전투법은 매우 효과적이었다. 마나도 충분히 아낄
수 있었고 파티에 위험요소도 없었다.

일행은 빠르게 고블린 무리를 해치우며 계곡 끝을 향해 전진했다.

사냥이 순조롭게 이뤄지고 있는데도 송염의 표정에는 불만이 가득이었다.

"돈이 안 돼. 돈이!"

옷을 입은 고블린들은 그래도 주머니가 있었다.

그리고 주머니 안에서 그렇게 기다리고 기다리던 동전이 발견되었다. 송염의 불만은 바로 그 동전에 있었다.

동전은 문자 그대로 동전(銅錢)이었다.

계곡을 오르면서 모은 동전은 이제 한 사람이 들기 힘들만큼의 분량이 모인 상태였다.

"이깟 동전을 어디다 쓰냐고……. 환장하겠네."

송염이 바라는 것은 금화, 못해도 은화는 되어야 했다. 송염에게 동전은 1㎏에 9,000원 하는 고철 그 이상도 그 이하도 아니었다.

더 열 받는 것은 고블린의 무기들이었다.

멀쩡하다고 해도 처치 곤란이지만 녹슬고 망가지기 일보 직전의 고블린의 무기들은 폐철로 팔아도 고물상에서 받아줄 것 같지 않았다.

송염이 열심히 툴툴거리는 사이 파티는 계곡 끝에 도착했다.

지금까지의 고블린들이 계곡 여기저기에 움푹 파인 우리에 모여 있던 것과는 달리 마지막 고블린 우리는 통나무로 만들어진 방책이 있는 산채 형태를 띠고 있었다.

"곧 죽어도 보스가 사는 곳이라 이거지?"

보스 고블린은 20여 마리의 부하 고블린을 데리고 산채 안을 배회하고 있었다.

역시 보스는 보스였다.

보스 고블린은 거의 강철중의 덩치에 비견될 정도의 거구를 자랑했다.

"홉고블린이야. 고블린 무리의 우두머리지."

강철중의 설명을 들은 송엽의 선택은 간단했다.

"홉고블린이든, 되고블린이든, 말고블린이든 상관없어. 이제까지의 방법대로 빠르게 가보자구."

"좋다."

"알았어."

"응."

"그래."

각자의 성격을 담은 네 사람의 대답이 끝나자 송엽은 전투 시작을 알렸다.

"Go! Go! Go!"

스톤스킨 버프를 뒤집어쓴 강철중이 용감하게 앞으로 달

려 나갔다.

고블린들도 달려오는 강철중을 발견했다.

강철중은 고블린이 전투 대형을 갖추기 전에 그들 틈으로 뛰어들어 광역도발 스킬을 시전했다.

도발 스킬에 걸린 고블린들의 눈이 붉어지며 강철중에게 달려들었다.

"파이어 볼!"

이때를 놓치지 않고 크리스티나가 파이어 볼을 날렸다.

허공을 격하고 날아간 불덩어리가 강철중에게 명중해 폭발했다.

펑!

폭발한 불덩어리 파편에 휩쓸린 고블린들이 불을 뒤집어쓰고 울부짖었다.

끼끼끽!

끽!

끽끼끼끽!

이제 남은 것은 전장 정리다. 마동식과 크리스티나와 강철중이 고통에 몸부림치는 고블린을 때려잡으면 전투는 끝난다.

그런데 여기서 변수가 생겼다.

보스 고블린이 강철중의 도발 스킬에 걸리지 않았는지 멀

찌감치 뒤로 물러나 버렸다.

그리고 물러나는데 그치지 않고 역공을 가해왔다.

보스 고블린은 고막을 송곳으로 후벼파는 듯한 고통을 주는 음파공격을 해왔다.

끼이이이이익!

"크윽!"

"큭!"

한 번의 공격이지만 치명적이었다.

희진과 크리스티나는 귀를 막고 고통에 몸부림치며 나뒹굴다 기절해 버렸고 강철중과 마동식도 격심한 고통에 반쯤 혼이 빠져나가 몸을 움직이지 못했다.

그런데 정작 송염은 파티원들이 느끼고 있는 고통을 이해하지 못하고 있었다.

'저 정도인가? 난 견딜 만한데?'

분명 귀가 아프긴 했다.

하지만 그 아픔은 깊은 물속에 있다가 빠르게 물 밖으로 나왔을 때 느끼는 정도의 아픔일 뿐, 다른 파티원들처럼 귀를 막고 뒹굴 정도는 아니었다.

'이유야 어쨌든!'

파티 원들이 저 지경인 이상 이 상황을 타개할 사람은 오직 송염뿐이었다.

송염은 빠르게 자신에게 마이 헤이스트 버프를 걸고 검을 부여잡고 홉고블린에게 다가갔다.

무술을 모르는 송염의 공격방법은 오직 한 가지 마구잡이 휘두르기다.

"죽어!"

송염은 검을 홉고블린의 가슴에 찔러 넣었다.

홉고블린은 파리라도 쫓는 것처럼 손을 저어 검을 툭 쳐낸 후 반대편 손으로 송염의 뺨을 가격해 왔다.

"웃차!"

헤이스트 마법이 아니었다면 절대로 피하지 못했을 공격을 아슬아슬하게 피한 송염은 뒤로 물러났다 전진하며 다시금 펜싱 자세로 검을 찔러 넣었다.

홉고블린도 송염의 검을 맞아줄 생각은 없어 보였다.

홉고블린 역시 간단히 송염의 검을 피하고 반격을 해왔다.

공격하고 피하고, 피하고 공격하는 공방이 그렇게 몇 차례 반복되었다.

시간이 지날수록 송염은 다급해졌다.

버프 지속시간의 제약을 받는 송염에게 시간은 절대로 아군이 아니었다.

마음이 흐트러지자 안 그래도 휘청거리는 검의 궤적이 볼썽사납게 흔들렸다. 그에 비례해 홉고블린의 공격은 더욱 거

세졌다.

위태로운 순간이 겨우 피해낸 송염은 욕설을 내뱉었다.

"빌어먹을……."

욕도 상황을 반전시키지는 못했다.

송염은 버퍼는 절대로 공격형 직업도 수비형 직업도 아니란 사실을 다시 한 번 뼈저리게 실감했다.

홉고블린의 징그러운 얼굴이 가까이 다가왔다.

"이가 없으면 잇몸이야."

송염은 마지막 반격을 시도했다.

홉고블린이 다가오자 송염은 피하지 않고 오히려 홉고블린의 품으로 뛰어들며 소리쳤다.

"윈드 볼!"

초 근접거리에서 터진 윈드 볼의 위력은 강철중 정도의 체구를 가진 홉고블린을 뒤로 나뒹굴게 만들기 충분했다.

"기회는 한 번으로 족하다고."

송염은 홉고블린의 몸통에 올라앉아 검을 두 손으로 높게 치켜든 다음 단숨에 목을 향해 내려찍었다.

푹!

끽!

외마디 비명과 함께 홉고블린이 절명했다.

"헉! 헉! 우습게 보지 말라고!"

송염은 기다시피해서 동료들에게 다가갔다.

희진과 크리스티나가 의식을 찾고 몸을 움직였다.

"희진아, 크리스티나 괜찮아?"

송염이 희진과 크리스티나부터 찾자 얼굴이 하얗게 질린 마동식이 퉁명스럽게 말을 던졌다.

"걱정해 줘서 고맙다. 난 괜찮다."

강철중도 빠지지 않았다.

"나도 멀쩡해. 걱정해 줘서 고마워."

"……."

대꾸할 기운도 없었다.

너무 신경을 썼는지 몸에 오한까지 들었다.

그리고 오한은 더욱 심해져 송염은 급기야 추위를 느끼기 시작했다.

익숙한 느낌.

하지만 간만에 느끼는 이 기분.

바로 레벨 업의 징조다.

"……??!! 좋아해야 하나?"

마동식과 강철중이 송염에게 다가왔다.

"뭘 좋아해?"

"레벨 업. 나 기절하면 잘 부탁한다."

"알았다. 걱정 말고 기절해라."

송염은 기절하기 전에 마지막으로 다짐을 받았다.

"홉고블린 주머니는 뒤지지 마라. 내가 깨어나서 직접 할 거다."

"짠돌이."

"쫌생원."

송염은 친구들의 따스한(?) 환송을 받으며 편안한 얼굴로 기절했다.

눈을 떠보니 자신을 걱정스럽게 바라보고 있는 동료의 얼굴이 보였다.

"천하태평이네, 오빠."

"기절도 습관이에요, 오빠."

"잘 자더라."

"속도 편해."

송염은 동료들의 걱정(?)스러운 눈빛을 상큼하게 씹어주었다.

기분은 나쁘지 않았다. 오히려 좋았다. 홉고블린을 순전히 스스로의 힘으로 잡았고 오랜만에 레벨 업도 했다.

다만 한 가지 아쉬운 점은 있었다.

'여전히 재수 옴 붙었어. 기존 스킬들 레벨만 올랐을 뿐, 새로운 스킬은 하나도 없잖아.'

그래도 성과는 있었다.

그것은 송염의 심장을 뜨겁게 달구고 있는 '없는 스킬도 쥐어짜면 전투를 벌여 이길 수 있다' 는 근거없는 자신감이었다.

송염은 홉고블린에게 다가가 기도하는 마음으로 주머니에 손을 넣었다.

"......!!"

둥글고 차갑고 납작한 금속성 느낌의 동전이 한 주먹 쥐어졌다.

일단 예감이 좋다.

'대장이니 설마 동화는 아니겠지? 그래, 금화 몇 개쯤은 있을 거야.'

역시 송염은 재수가 없었다.

송염은 한주먹 가득 동화를 집어 들고 망연자실했다.

"돈도, 고기도, 가죽도 못 써. 확 배를 갈라볼까?"

일행이 동시에 고개를 저었다.

말은 그렇게 했지만 송염도 그럴 생각은 들지 않았다. 배를 갈라 내장 속을 뒤지기에는 고블린은 너무나 인간과 비슷한 체형을 가지고 있었다.

잠시 휴식을 취한 후 일행은 산채 한쪽에 있는 붉은 문으로 향했다.

이제 이 던전은 클리어됐고 더 이상 잡을 고블린이 없는 이
상 미련없이 이곳을 떠남이 옳았다.

하지만 동전 한 자루만 달랑 들고 돌아가기는 너무나 억울
했다.

송염은 필사적으로 주변을 살폈다.

집념은 보상받았다.

송염은 산채 한쪽 구석 암벽의 그늘 사이에 숨어 있는 바위
틈을 발견해 내고야 말았다.

심장이 뛰었다.

보물은 지니는 것이 아니라 숨기는 것이라는 격언도 떠올
랐다.

송염은 단숨에 바위틈으로 달렸다.

"있어."

있었다.

바위틈 안 깊숙한 곳에 낡지만 영화에서 보던 보물상자와
꼭 닮은 상자가 있었다.

송염은 상자의 녹슨 자물쇠의 고리에 검을 끼워 비틀었다.
별 힘을 주지 않았는데도 상자는 기다렸다는 듯 쉽게 열렸다.

삐걱!

상자 속의 비밀이 송염에게 그 뽀얀 속살을 드러냈다.

"……!"

아이템의 신은 이번에도 송염을 비웃을 모양이었다.

상자 속에는 수천 개의 동전이 가득 들어 있었다.

실망하긴 일렀다.

상자 속에는 동전 말고도 때가 꼬질꼬질 묻은 크고 작은 가죽주머니 세 개가 들어 있었다.

두근! 두근! 두근!

심장이 입 밖으로 튀어나올 것 같았다. 판돈을 모두 올인하고 마지막 카드를 받아 스트레이트 플래시를 쪼이는 도박사가 된 심정이었다.

사람들이 이래서 도박을 하나 싶기도 했다.

송염은 떨리는 손으로 가장 큰 가죽주머니를 열었다.

그 가죽주머니에는 은화가 가득 들어 있었다.

그렇다면?

심장이 미친 듯 수축과 팽창을 반복했다.

송염은 두 번째로 큰 가죽주머니를 열었다.

금화였다.

거대 토끼 이래로 처음 보는 금화의 자태는 황홀하리만큼 요염했다.

"급할수록 침착해야 해."

송염은 마지막 남은 가장 작은 주머니를 노려보며 금화의 개수를 셌다. 금화의 숫자는 더도 말고 덜도 말고 정확히 딱 떨어지는 100개.

송염의 머리가 슈퍼컴퓨터보다 빠르게 돌아 금화의 가치를 환산해 냈다.

"한 개당 180만 원, 100개면 1억 8,000만 원. 심봤다!"

아이템의 신이 송염에게 축복을 내렸다.

처음은 은화 다음은 금화.

그래서 마지막 가장 작은 가죽주머니를 집어가는 손길이 덜덜 떨리는 것은 어쩌면 당연했다.

"……??!!"

마지막 가죽주머니 속에는 형형색색의 보석 10여 개가 들어 있었다. 그중 한 개의 투명한 보석이 은행 열매만큼 큰 점이 정말로 마음에 들었다.

강철중이 송염의 손에 들린 보석과 금화를 번갈아 바라보며 말했다.

"이걸 보고 전문가들은 폭템이라고 하지."

폭템은 폭발적으로 아이템을 먹었다는 뜻이다.

정말 그랬다.

송염은 이번 던전에서 폭템을 했다.

돈을 번 것이다.

흥분이 가시고 검은 방으로 돌아온 송염은 붉은 문을 열고 다음 몬스터를 확인했다.

"인간형이 좋겠지? 좋을 거야. 좋지 않겠어?"

일단 떨어지는 아이템의 숫자가 많아야 좋은 아이템이 떨어질 확률도 높다. 인간형 몬스터는 기본적으로 몸에 걸친 물건이 많아 아이템의 숫자도 많았다.

아이템의 신은 아직 송염을 버리지 않았다.

송곳니가 삐죽 튀어나온 돼지를 닮은 녹색 피부의 머리를 어깨 위에 얹은 이족 보행 몬스터.

다음 던전의 주인공은 오크였다.

Chapter 43
사업확장

Buffer

　이계와 지구를 오가는 현대 판타지 소설의 주인공들이 가
장 골머리를 썩는 일이 이계에서 벌어들인 부를 지구의 부로
바꾸는 일이다.
　현대사회는 그리 녹록하지 않아 한 개인이 어느 날 갑자기
출처가 불분명한 거금을 합법화하는 일이 쉽지 않아서다.
　그래서 생겨난 것이 그 유명한 돈세탁이다.
　출처가 불분명한 검은돈을 합법적인 돈으로 만드는 일련
의 과정을 돈세탁이라 부른다.
　금화와 보석을 현금화해야 할 필요가 있는 송염도 돈세탁이 필요했다.

다행스럽게도 송염에게는 금은방을 하셨던 부모님이 계신 조덕구가 있었다.

예로부터 금은방은 지금은 거의 사라져 버린 전당포와 함께 동네 전주 역할을 하곤 했다.

금을 사거나 팔 때 신용카드의 사용이 금지되어 있어 현금 유통이 많기 때문이다.

현금거래가 많은 업종은 당연히 탈세도 많다.

이에 더해 한국은 외국에 비해 금의 시세가 높아 금은방에 유통되는 금의 20퍼센트 이상이 밀수금이라는 통계도 존재한다.

한마디로 금은방 주인들은 어떤 금이라도 합법적으로 유통시킬 수 있는 능력들을 보유하고 있다는 의미다.

"아버님이 종로에서 30년 가까이 금은방을 하셨습니다."

"그런데 왜 이젠 안 하시지?"

"어머니가 옆 가게 아주머니 뒷담화를 다른 가게 아주머니들에게 했고 그 말이 돌고 돌아 옆 가게 아주머니의 귀에 들어갔죠. 열 받은 옆 가게 아주머니가 국세청에 아버지 가게를 찔러 버렸습니다."

"……."

어쨌든 30년간 금을 팔고 사고 다뤄온 조덕구 부모님의 노하우는 대단했다.

조덕구의 부모님은 그동안 쌓아올린 정보와 인맥을 동원해 안전하고 빠르고 무엇보다 중요한 항목인 '제값'을 받고 보석과 금화를 처분했다.

"금화가 178,558,000원. 보석들은 루비 에메랄드 등 유색보석이 모두 4,600만 원, 그리고 작은 다이아몬드들이 2,800만 원 마지막으로 가장 컸던 은행만 한 크기의 다이아몬드 가격은······."

"······."

조덕구가 절묘한 타이밍에서 뜸을 들이다 말했다.

"60초 후에 말씀드리겠습니다."

퍽!

장난은 때와 장소를 가리지 않으면 폭력을 부르는 법이다.

조덕구가 방탱이가 된 눈을 어루만지며 억울함을 호소했다.

"장난 모르십니까? 태상장로님은 유머감각이 한없이 제로에 가깝습니다."

송염은 다시 주먹을 불끈 쥐며 대꾸했다.

"난 세상에서 돈 가지고 장난치는 사람이 제일 화가 나. 더 맞을래?"

"아, 아닙니다. 아시다시피 다이아몬드는 크기가 커질수록

기하급수적으로 가격이 올라갑니다. 이번 다이아몬드는 품
질까지 좋아 그 가격이 매우 높습니다."

조덕구가 다시 뜸을 들였고 송염은 주먹을 치켜들었다.

"죽을래?"

"큭, 잘못했습니다. 이번 다이아몬드는 총 10.23캐럿입니
다. 10캐럿 다이아몬드의 경우 캐럿당 가격은 2억 원. 그래서
총금액은 21억 원입니다."

하마터면 송염은 조덕구의 뺨에 뽀뽀를 할 뻔했다.

유레카!

21억 원!

이런저런 잔돈(!)을 합하면 23억 원이 넘는다.

송염은 조덕구를 치하했다.

"부모님이 고생하셨겠어."

"아무래도 남의 손을 빌려야 하니까요. 직접 거래하셨으면
더 높은 금액을 받을 수 있었을 겁니다."

그 말을 듣자 남 좋은 일 시킬 필요가 없겠다는 생각이 들
었다. 앞으로 더 많은 금화와 보석이 약속되어 있다. 그 말은
더 많은 돈이 다른 사람에게 새어나간다는 말이다.

새어나갈 돈이면 가게를 차릴 수 있다.

게다가 조덕구에게 생색도 낼 수 있다.

꿩 먹고 알 먹고 도랑 치고 가재 잡고다.

"아버지 어머니께 금은방 차릴 생각 없으시냐고 여쭤봐."

"물어보나마나 좋아하실 겁니다. 평생 그 일만 하고 사신 분들이니까요."

"그럼 차리시라고 해. 가게 낼 돈은 내가 댄다."

송엽의 결정으로 조덕구의 부모님은 종로에 다시 가게를 냈다.

가게 이름은 '문수당' 이었다.

목돈이 생겼으니 송엽으로서는 빚을 안고 있을 필요가 없었다.

송엽은 이현빈에게 전화를 걸었다.

"돈을 갚겠습니다."

송엽의 말을 들은 이현빈이 의외의 말을 했다.

"생각보다 늦으셨네요."

"네?"

"방송에서 송엽 씨를 봤습니다. 전 방송에서 탄 상금으로 제 돈을 갚으실 거라고 예상했었죠. 그런데 그 예상이 빗나가더군요."

빌어먹을 아버지.

"이런저런 사정이 있었습니다."

"뭐, 상관없겠죠. 아직 약속했던 1년이 되려면 시간이 많이 남았으니까요."

"계좌를 알려주시면 송금해 드리겠습니다."

"그래도 얼굴을 한번 봐야 하는 것 아닐까요? 인연이라면 인연인데……."

딴은 그랬다.

사실 이현빈은 어떤 잘못도 없었다.

차도로 뛰어든 이도 차에 치인 이도 안 받겠다는 돈을 끝까지 우겨 1억을 만든 이도 모두 송염이다.

'자격지심.'

이름도 멋지고, 잘살고, 잘생기고 매너 좋은 남자 이현빈은 송염의 자존심을 건드리는 남자였다.

하지만 당시의 자신과 지금의 자신은 다르다.

100명의 제자를 거느린 문파의 태상장로이자 비밀의 던전의 주인 그리고 네 개의 아티팩트를 가진 파티의 리더.

이제는 자격지심을 가질 필요가 없었다.

'만나서 풀어버릴 필요도 있어.'

그래서 송염은 대답했다.

"만나죠. 장소와 시간을 정해주시면 나가겠습니다."

"중구 장충동에 서울클럽이라고 있습니다. 다음 주 일요일 점심이나 같이하면 어떻습니까?"

"알겠습니다. 시간 맞춰 나가겠습니다."

*   *   *

　문수파는 100명의 문도를 받아들인 후 급격한 변화를 맞이하고 있었다.

　외적으로 다 무너져 가던 농가가 반듯한 기와를 이고 조사전으로 거듭났고 비록 샌드위치 패널로 지었지만 기숙사 건물과 식당건물 목욕탕 겸 샤워장 그리고 본부건물도 완공되었다.

　내적으로도 큰 변화가 있었다.

　속험법을 선택한 기부 문도들 중 가장 기감이 좋은 치들이 기를 느끼기 시작했다.

　기를 느낀 문도들의 변화는 놀라웠다.

　"몸이 가벼워."

　"노동이 즐거워."

　"하루에 네 번이 아니라 여섯 번도 자재를 나를 수 있어."

　"난 원래 태권도 관장이었거든? 지르기나 발차기를 하면 손과 발끝에 기가 느껴져. 위력도 세졌어."

　"문수권은 사실이었어."

　"속험법을 택하길 잘했어."

　"아무렴! 돈 아까워 저안법을 택한 놈들은 머저리야."

"난 죽어도 단체로 목욕탕에 들어앉아 '쉬' 는 못해."

"그럼 당연하지."

"그래서 말인데 총관님이 속험법 2차 지망자를 뽑는다고 하더라고."

"그래?"

"저안법을 택한 놈들 대부분이 신청한다고 난리야."

"그럼 우리는?"

"지금까지 밤마다 받던 홍두깨 찜질, 아니 특별수련을 못 받는거지."

"그러면 안 되지. 기득권이라는 게 있는데……."

"나도 그렇게 생각하지만 너도 알다시피 총관이 워낙에 돈 독이 오른 양반이라……."

"방법은 있어."

"뭔데?"

"돈에는 돈. 너 일전에 기부금 얼마 냈어?"

"500만 원."

"난 600이었어. 저안법 수련하던 놈들도 대충 그 선에서 기부금을 준비할 거야."

"더 내자는 말이군."

"총관은 돈을 좋아해. 많은 돈을 내면!"

"더 나은 대우를 해주겠지."

"나 가볼 곳이 있네. 먼저 가네."

"어딜 가는데 똥마려운 사람마냥 그리 급하게 가는가?"

"전화하러. 집에 돈 좀 부치라고 해야겠어."

"함께 가세. 나도 그래야겠네."

속험법 제자들은 저마다 돈 구하느라 바빴고 송염과 조덕구는 만면에 미소를 지었다.

속험법 제자들도 강해졌지만 실상 가장 강해진 이들은 마동식의 특별대우를 오랜 기간 받아온 백두단이었다.

이제 백두단은 마동식을 대신해 어설프나마 기 마사지를 해줄 정도로 성장해 있었다.

백두단에서도 가장 강해진 이는 단연 김민호였다.

김민호는 동굴을 송염에게 강탈당한 후 다른 계곡에서 혼자만의 수련을 계속하고 있었다.

그런 김민호의 실력을 본 마동식의 평가는 뜻밖의 것이었다.

"곧 날 따라잡을 지도 모른다."

"무슨 소리야. 넌 실전을 수도 없이 겪고 있잖아."

"실전 문제가 아니라 문수권의 성취 그 자체를 말하는 거다. 너도 알다시피 난 스승님으로부터 문수권을 기초밖에 못 배웠다. 내 문수권은 엄연히 한계를 지니고 있다는 말이다. 종착점이 정해진 경주에서 난 김민호보다 빨리 도착했을 뿐,

그다음 경주를 시작하지 못한다. 그 돌파구로 실전을 택했지만 한계를 넘는 일은 결코 쉽지 않았다. 기의 숙련을 반복해도 기 자체의 크기를 키우지 못하면 여기서 멈출 수밖에 없다."

"방법이 없어?"

"없다."

송엽은 그렇게 생각하지 않았다.

세상에 해결 못할 문제는 없다. 다만 그 방법을 의도적으로 무시하든지 관념에 사로잡혀 인식하지 못하든지 아예 방법 자체를 찾을 생각조차 하지 못할 뿐이다.

송엽은 단정적으로 말했다.

"방법이 있다."

"내가 찾지 못한 방법을 네가 어떻게 아는가?"

"워낙 과격한 방법이라서 넌 떠올리지도 못한 것일 뿐, 방법은 분명히 존재해."

방법이 있는 것과 그 방법을 실행에 옮기는 일은 엄연히 다른 차원의 문제다.

"내가 떠올리지도 못할 정도로 과격한 방법? 그것이 뭐냐?"

마동식이 간절히 송엽의 대답을 기다렸다.

"방법은 간단해. 너와 네 스승님이 기거했다는 그 동굴을 다시 찾는 것."

"……."

"너에게 듣기로 네 스승님은 고문에 학식이 깊다고 했어. 맞지?"

"그, 그렇다."

"그럼 아마도 그 동굴 안에는 이런저런 책들이 많았을 거야. 너도 가르쳐주셨다고 했으니."

"맞다. 상당히 많은 고서들이 있었다."

"그중에서 특별히 생각나는 책 없어? 예를 들어 너에게 보여주지 않았다거나 무척 귀중하게 보관을 했다거나 하는 책 말이야."

마동식이 한참동안 기억을 더듬더니 대답했다.

"있었다. 스승님은 아침에 일어나자마자 언제나 그 책을 읽으신 후 명상에 잠기셨다. 언젠가 그 책에 대해 물었더니 스승님께서는 언젠가 너의 것이 될 거라고 말씀하셨다. 그런데 너는 어떻게 그 사실을 알았나?"

송엽은 웃으며 말했다.

"무협지."

"무협지?"

"그래, 무협지를 보면 언제나 문파에는 비급이 있다고 나오거든. 너의 문파가 이름도 없고, 형도 없고, 식도 없다고는 하지만 최소한 수련 방법이나 마음을 다스리는 구결 정도는 있다고 봤거든. 예상대로네."

"무협지라……. 왜 나는 그 생각을 떠올리지 못했을까?"

"북한이니까. 북한 땅에 간다는 발상을 하기 쉬울 리 없지. 아마 넌 너의 사고회로에서 북한에 관련된 사항들을 지워 버렸을 거야."

"그건 그렇다. 북한이라… 생각만 해도 기분이 나빠진다. 하지만 내가 벽을 넘으려면……."

"조급하게 생각하지 마라. 시간을 두고 방법을 찾아보자. 듣자하니 북한의 가족도 브로커를 통하면 빼낼 수 있다고 하더라. 그렇다면 사람을 사서 네가 살던 동굴에 보내 그 비급을 찾을 수도 있을 거다."

송염도 직접 북한에 간다는 생각은 염두에 두지 않았다.

무엇보다 정부의 허락을 받지 않는 북한 방문은 실정법 위반이기도 했고 송염 스스로도 북한 땅에 들어간다는 생각을 하기엔 그동안 배워왔던 교육의 힘이 너무 컸다.

하지만 그리 오래지 않은 미래에 마동식도 아닌 송염이 북한 땅에 넘어가야 할 상황이 오리라고 현 이 시점에서 예상할 수 있는 사람은 아무도 없었다.

*   *   *

통장에 찍힌 돈은 송염이 주변을 돌아볼 여유를 가져다주었다.

우선 송염은 바쁘게 달려오느라 미루고 있었던 문수파의 법적 지위를 확립하기로 했다.

송염은 비록 1학년 휴학 중인 무늬만 법대생 신분이지만 그래도 일행 중에서 가장 법과 관련이 있는 희진을 통해 문수파를 사단법인화했다.

동시에 문수파가 임대하고 있던 땅을 구입해 버렸다.

워낙 오지에 자리 잡아 자동차가 진입할 수도 없는 외진 위치라 땅 가격은 무척 저렴해서 4,000평을 구입하는데 평당 8만 원씩 3억2천만 원이 소요되었다.

문수파를 정식 사단법인으로 만든 송염은 이번에는 외부로 눈을 돌렸다.

문수파의 외부 일을 맡아줄 사람은 이미 정해져 있었다.

"김 작가님, 아니 이제는 김 기자님이던가요? 하여튼 오랜만입니다."

송염의 전화를 받은 김계숙의 반응은 뜨거웠다.

"오래 살고 볼 일이네요. 전화를 다주시고."

"기자 일은 할 만합니까?"

"꿈이니까요."

"흐흐흐, 힘들다는 이야기군요."

"이상과 현실은 무척 다르더군요. 하지만 열심히 하고 있어요."

"시간 괜찮으시면 한 번 들르시죠."

"문수파요? 취재를 허락하시는 겁니까?"

"취재랄 것까지는 없지만……. 하시겠다면 막지는 않겠습니다. 그리고 부탁드릴 일도 있고요."

"부탁이라……. 송엽 씨가 저에게 부탁을 한다. 부담되는데요?"

"미리부터 부담 가지지 마세요. 그리 큰일은 아닙니다."

"호호, 농담이에요. 바로 찾아뵐게요."

"기다리겠습니다."

송엽의 연락을 받은 김계숙이 한걸음에 오대산으로 달려왔다.

그녀는 대뜸 두루마기 화장지와 가루세제를 내밀었다.

"어쨌든 문수파의 개업이니까요. 난은 못 보내드려도 이거라도 받으시고 번창하세요."

"감사합니다."

"문파 구경 좀 시켜주세요. 규모가 상당한걸요?"

송엽은 김계숙을 문수파가 한눈에 내려다보이는 산등성이

로 데리고 갔다.

김계숙은 100여 명의 남성이 비지땀을 흘리며 건물을 지을 자재들을 옮기는 모습을 보고 웃음부터 터뜨렸다.

"잘 훈련된 공짜 일꾼이군요."

"정확히는 돈까지 가져다 바치면서 일해주는 공짜 일꾼입니다."

"호호호호, 최고의 일꾼이군요. 그런데 반발은 없나요?"

"문수권은 실제로 존재하니까요."

"고대의 신비한 무도를 직접 배울 수 있어 어떤 고난도 극복할 수 있다는 말이죠? 한국에 무도에 심취한 사람이 이렇게 많은지 처음 알았네요."

"저희가 받아들일 여력이 안 돼서 그렇지 아직 대기하고 있는 사람도 많습니다."

"성공하셨네요. 축하해요."

"시작에 불과합니다. 전 이 땅을 한민족 고유 무술의 고향으로 만들 생각입니다."

입으로 뱉는 말은 스스로 생명력을 가진다.

바로 말의 무게다.

사람들은 단 1초도 안 되는 짧은 순간에 입을 통과해 공기에 퍼져 사라져 버리는 말 한마디의 무게에 짓눌려 평생을 살아간다.

송엽은 지금 말의 무게를 느끼고 있었다.

'솔직히 말해서 난 목표가 없었어. 그냥 돈을 벌겠다는 일념으로 흘러흘러 여기까지 온 거지.'

그런데 뱉고 보니 안 될 일도 아니다 싶었다.

'문수권은 강해. 각종 무술대회나 격투 대회에 나가 우승해서 이름을 알리고 그 명성을 바탕으로 태권도처럼 전 세계에 보급할 수도 있어. 올림픽 정식종목이 안되라는 법도 없잖아.'

무도가 올림픽 정식종목이 된 예는 단 세 가지. 태권도와 유도와 레슬링뿐이다. 그중 레슬링은 이미 올림픽에서 퇴출되었다.

'그 자리를 노리는 거야. 그러려면……'

수련으로서의 문수권과 경기로서의 문수권이 철저히 구별되어야 한다.

바둑으로 치면 프로와 아마추어의 개념이다.

문수권의 본산 문수파에서 수련한 수련자, 즉 프로는 도장 수련자, 다시 말해 아마추어를 언제라도 이길 수 있어야 한다.

그러려면 가장 시급한 일이 단증 제도의 정립이다.

'문도들의 단증 시험을 봐야겠어. 목표란 언제나 힘을 내게 만드는 원동력이니까. 물론 단증 인증시험 비용은 톡톡히

받아내야지.'

돈 벌 계획에 깊숙이 빠진 송염을 한참동안 묵묵히 바라보던 김계숙이 물었다.

"명상이라도 하시는 건가요?"

"아, 미안합니다."

"이제 저에게 할 부탁을 들어보죠?"

"다름이 아니라……."

송염은 일전 들었던 격투기 카페의 상황을 설명했다.

"200명의 일치된 목소리는 집단이 아니면 절대로 불가능합니다. 저는 그들의 정체를 알고 싶습니다."

"문수파를 비하하는 집단의 정체를 알고 싶다라……."

송염의 설명을 들은 김계숙은 황당하다 못해 웃음이 터질 지경이었다.

그녀는 억지로 웃음을 참으며 송염에게 말했다.

"방송에서의 인기는 곧 돈이죠. 그런데 그런 인기를 헌신짝처럼 내던지고 산에 틀어박힌 일도 솔직히 이해가 안 되는데 이젠 네티즌들과 전쟁을 벌일 생각인가요?"

"사실이 아니니까요. 문수파는 중국과 그 어떤 관련도 없습니다. 더 열 받는 사실은 아마도 무술 단체일 그들도 한국인일 것 아닙니까. 그런데 그런 그들이 문수파를 비하한다? 정말 이해가 안 됩니다."

송염은 대한민국의 큰 병폐 중 하나가 천재나 영웅을 인정 못하는 풍토라고 생각하고 있었다.

"미국처럼 일부러 영웅을 만들지는 못하더라도 우리를 스스로 비하하고 깎아내려 얻는 이득이 뭘까요? 전 그래서 그들이 궁금합니다. 정말 그들이 문수파를 비하할 실력이 있는 단체인지 제 두 눈으로 직접 확인해 보고 싶습니다."

"호호호호, 다시 봤어요, 송염 씨."

"네? 뭘 다시 봤다는 말입니까?"

"제가 처음 송염 씨를 봤을 때 기억나세요?"

"……."

"송염 씨는 항상 뒤에 서 있었죠. 아이디어는 많았지만 스포트라이트는 마 씨 남매가 독차지했구요. 전 송염 씨에게서 피동적인 남자의 모습을 봤었어요."

"지금은 달라졌습니까?"

"많이 변했어요. 뭐랄까? 지도자의 모습, 리더의 모습이 보인다고나 할까요? 무엇이 몇 달 사이에 당신을 이렇게 변화시켰는지 정말 궁금하군요."

"……."

이유는 단 한 가지.

던전 때문이었다.

송염은 파티의 리더로서 순간순간 상황에 걸맞은 명령을

내렸고 다른 파티원들은 그런 송염의 지시를 잘 따라주었다.

'결과가 좋았어. 다친 사람도 없었고 크게 위험상황에 처한 적도 없었어. 홉고블린 때는 다른 파티원들을 구하기까지 했지.'

그런 극한의 환경에서의 리더십은 송염을 변하게 만들었다.

송염은 스스로도 인지하지 못하는 사이에 리더의 자질을 차곡차곡 쌓아 나가고 있는 중이었다.

"알았어요. 알아보죠. 대신 약속은 잊지 말아요."

"취재 약속은 지키겠습니다. 문수과 독점취재 권리는 오직 김 기자님에게만 있습니다."

"좋아요."

"제가 이번 주 주말에 서울에 올라갑니다. 그때까지는 결과를 받을 수 있었으면 합니다."

"은둔의 무도 수련자가 서울에 오신다구요? 이유를 물어봐도 될까요?"

"서울클럽이란 곳에서 만날 사람이 있습니다."

김계숙이 서울클럽이란 단어에 반응했다.

그녀는 의외라는 표정으로 물었다.

"서울클럽이라고요? 장충동에 있는 서울클럽 말씀하시는

건가요?"

"맞습니다. 왜 그러시죠?"

"엄청 대단한 사람을 만나시나 보군요. 정계나 재계에 줄이라도 대시려는 건가요. 빠르지 않나요?"

서울클럽과 정계, 재계가 왜 연결되는지 이해할 수 없었다.

"무슨 소립니까. 그저 누가 그곳에서 만나자고 해서 약속을 했을 뿐입니다."

"그러니 하는 말이에요. 서울클럽에서 만나자고 했으면 서울클럽 회원일 거고 서울클럽 회원이면 우리나라의 주인들이잖아요."

"......"

김계숙의 말은 갈수록 태산으로 향하고 있었다.

송염은 서울클럽을 그저 한낱 카페나 레스토랑일 것이라고 생각하고 있었다. 그런데 김계숙은 서울클럽을 우리나라 최고 지도자들의 사교모임쯤으로 묘사하고 있었다.

멍한 송염을 본 김계숙이 물었다.

"송염 씨, 서울클럽에 대해 모르는군요."

"모릅니다."

"휴, 그러니 이런 반응이죠. 서울클럽은 말이죠. 회원, 그리고 회원과 동행한 사람이 아니면 출입할 수 없는 회원제 사교클럽이에요.”

　“아~!”

　“아가 아니에요. 서울클럽은 단지 사교클럽 정도가 아니에요.”

Chapter 44
서울클럽

Buffer

김계숙은 서울클럽에 대해 설명해 주었다.

"서울클럽은 1904년 고종 황제의 뜻에 따라 창립된 외인구
락부가 모태예요. 고종황제는 외국인과 한국인 간에 문화 교
류 및 친목 도모를 할 수 있는 붙박이 공간이 필요하다고 생
각했죠. 이에 따라 고종황제는 덕수궁 내 중명전(重明殿)을
당시 서울에 머물던 외국인 선교사, 외교관, 상인, 광산업자
등 외국인이 주도해 만든 외인구락부에게 영구 임대해 주었
어요."

외인구락부는 후에 서울구락부란 이름을 거쳐 서울클럽이

란 이름을 가지게 되었다.

"회원수는 대략 1,300명가량으로 알려져 있어요. 그중 절반이 외국인이고 그 외국인들은 대부분 한국에 체류 중인 외교사절이나 해외기업의 지사장들이죠. 외국인이 이 정도니 그곳의 회원이 한국인들의 면면은 두말할 필요도 없겠죠. 가입도 쉽지 않아요. 대부분의 자리가 대물림되고 설령 자리가 난다고 해도 그 빈자리를 차지하기 위해서는 기존 회원 두 명의 추천이 필요해요."

"……."

"그것으로 끝이 아니에요. 추천을 받은 회원의 자격은 심사위원회에서 대상자의 신분이나 직위, 명성을 고려해 가입을 승인하죠. 한마디로 돈이 있다고 가입할 수 있는 클럽이 아니란 말이죠."

"……."

무려 110년의 역사를 가진 고종황제가 창립한 사교클럽이 아직도 존재한다.

송염은 순수한 의미에서 문화적인 충격을 받았다.

조선이 멸망하고 일제 강점기를 거쳐 대한민국이 건국된 지 얼마나 많은 세월이 흘렀는데 아직도 그런 사교클럽이 존재한단 말인가.

'계급사회였던 조선은 사라졌어도 권력의 중추는 변하지

않았다는 의미인가?

송염은 질문을 던졌다.

"김 기자는 그런 클럽을 잘도 알고 있네요?"

"우연한 기회에 서울클럽이 한양롯지를 겸한다는 사실을 알아서죠."

"한양롯지라구요? 한양롯지는 또 뭡니까?"

"혹시 프리메이슨이라고 들어봤어요?"

"영화나 소설, 미국드라마에 자주 등장하는 비밀 단체 아닙니까? 세계에서 벌어지는 거대한 사건의 흑막은 모조리 그들이라고 하던데요?"

"알고 계시군요. 프리메이슨이 없으면 음모론도 없다고 할 만큼 유명한 조직이죠. 하지만 실상은 그저 널리 알려진 친목 단체에 불과해요. 뭐, 속은 모르지만요. 어쨌든 프리메이슨은 실존 단체고 그 단체의 지부를 롯지라고 불러요. 그리고 한국을 관할하는 롯지의 이름이 한양롯지고 그 한양롯지가 서울클럽에 있다는 거죠."

"……."

음모론, 고종황제, 대한제국, 110년의 역사, 권력자들의 비밀스런 사교클럽, 회원제, 철저한 가입심사.

모든 단어들이 송염을 주눅 들게 했다.

"그래서 물었던 거예요. 서울클럽 회원들은 돈은 기본이고 가진 명성과 직위로 대한민국의 정점에 서 있는 사람들이에요. 그러니 송엽 씨가 그런 사람 중 한 명을 알고 있다는 사실이 놀랍지 않겠어요? 제가 아는 송엽 씨는 그런 사람을 알 만한 인맥이 없어 보였거든요."

은근히 송엽을 무시하는 말이었지만 반박하고 싶지 않았다.

김계숙의 말은 엄연한 사실이었기 때문이다.

*   *   *

서울클럽은 남산자락에 위치한 붉은 벽돌로 지어진 2층 건물이었다.

건물은 화려하다기보다는 위압적이었고 고풍스러웠고 건물 외벽을 타고 오른 담쟁이덩굴이 그런 분위기를 더욱 가중시키고 있었다.

한국 전통의 문의 창살을 금속으로 재현한 금빛 정문을 통과하니 고풍스러우면서도 깔끔한 실내가 모습을 드러냈다.

"……."

아직 이현빈은 도착 전이었다.

시간을 때우기 위해 건물 내부를 구경하던 송엽은 대기실 한편 창문 밖에서 수영장을 발견했다.

수영장에서는 한국 아이와 금발머리 외국 아이가 깔깔거리면서 물장구를 치고 있었고 풀사이드의 테이블에서는 웨이터의 시중을 받으면서 젊은 한국 여성과 백인 여성이 식사를 하며 담소를 나누고 있었다.

평화와 여유.

송염은 그 장면을 두 단어로 요약했다.

한 번도 쪼들려 보지 않은, 한 번도 남에게 부탁을 해보지 않은 자들이 가진 권력은 여유로 나타났다.

'저 여자는 스스로의 힘으로 이 권리를 쟁취한 게 아냐.'

그렇게 생각하니 먹먹하던 가슴이 안정되었다. 그러면서도 송염은 안도하는 자신이 싫어졌다.

자신에게 실망한 송염이 시선을 건물 내부로 돌리자 이현빈이 실내로 들어오는 모습이 보였다.

이현빈의 몸짓, 걸음걸이, 미소에서 여유와 품격이 느껴졌다.

그것은 송염이 절대 가지지 못한 덕목이었다.

이상하리만큼 송염은 이현빈에게 열등감을 느끼고 있었다.

이현빈이 송염을 발견하고 활짝 웃으며 다가와 손을 내밀었다.

"오랜만입니다."

송염은 그 손을 맞잡았다.

"오랜만입니다."

그리고 그 순간 생각했다.

'난 스스로 쟁취하겠어. 너도 마찬가지일 거야. 그 나이에 그 돈과 이 클럽의 회원권을 스스로의 힘으로 쟁취한다는 건 불가능해. 하지만 난 아냐. 난 내 능력으로 그 권리를 갖겠어.'

서울클럽은 로비와 회의실 피트니스 클럽과 사우나 수영장, 테니스장 이외에도 몇 개의 레스토랑을 가지고 있었다.

이현빈은 그중 한 레스토랑으로 송염을 안내했다.

"여기 스테이크가 일품입니다. 괜찮으시겠습니까?"

"사주시면 먹겠습니다."

"하하하하. 처음이네요. 자존심 강하던 송염 씨가 얻어먹는다는 말씀을 다하시고요."

"빚과 공짜는 다르죠. 전 빚은 싫어하지만 공짜는 엄청 좋아합니다."

"호오, 확실히 일전에 비해 여유가 생기셨군요. 문수파 때문일까요?"

"문수파에 대해 아십니까?"

"의도하진 않았지만 송염 씨는 제가 1억을 받아야 할 채무

자니까요. 당연히 관심을 안 가질 수가 없었죠. 그런데 그 방송 조작이 아니고 사실이었습니까? 눈으로 보면서도 믿을 수 없더군요."

"……."

송염은 막 서빙된 이현빈의 스테이크에 스톤스킬을 걸었다.

사실 그렇게 할 필요는 없었다. 웃어넘기면 그만이었다.

하지만 송염은 그렇게 했다.

여자에게 차이고 길에 뛰어들어 차에 들이받혔던 찌질이 궁상의 송염을 벗어버리고 싶었다.

버프를 사용하자 잃었던 자신감이 돌아왔다.

'치기라고 해도 좋아. 지고 싶지 않아.'

송염은 나이프로 스테이크를 썰며 말했다.

"드시죠. 드실 수 있으면……."

도발을 받은 이현빈의 표정이 변했다.

그는 나이프를 들어 조심스럽게 스테이크를 썰어갔다.

"……."

고기는 당연하게도 썰리지 않았다.

이현빈이 나이프에 더 힘을 주었다. 포크가 휘어지도록 고기를 찍어 눌렀다.

"사실이었군요. 대단합니다."

이현빈의 인정이 송염을 기쁘게 했다.

이때는 겸손해야 한다고 배웠다.

그래서 송염은 겸손하게 말했다.

"별일 아닙니다."

그런데 이현빈이 뜻밖의 말을 했다.

"맞아요. 별일 아닙니다."

"……"

이현빈이 손짓으로 지배인을 불러 주문을 했다.

"스테이크 100장을 구워 와요."

그리고 송염에게 말했다.

"정말 놀라운 재주예요. 하지만 그뿐이죠. 혹여 스테이크 100장을 전부 단단하게 만든다면 더 충격적이겠죠. 그래도 역시나 그뿐이에요. 전 스테이크를 1,000장을 주문하면 그만이에요."

"……"

"자존심 강한 당신은 지금 보여준 힘을 무척 자랑하고 싶었겠죠. 당신에게는 엄청난 힘이니까요. 하지만 전 그렇게 생각하지 않아요. 당신이 가진 힘은 진정한 힘이 아니라 재주에 불과해요. 재주는 세상을 즐겁게 할 뿐, 좌지우지할 순 없어요. 딱 그뿐이란 이야기예요."

이현빈의 말은 비수가 되어 송염의 가슴을 찔러왔다.

그래서 송염이 자리를 박차고 일어나지 않은 것은 칭찬해
도 좋을 만큼 대단한 인내심이었다.

　송염은 단숨에 자기 몫의 스테이크를 입에 쑤셔 넣었다.

　그리고 봉투에 든 수표를 내밀었다.

　"확인하십시오."

　"1억 원 받았습니다. 이제 당신과 나 사이에 채무 관계는
없습니다."

　송염은 다시 미리 준비한 하얀 종이와 볼펜을 내밀었다.

　"이현빈 씨가 돈을 받았다는 내용입니다. 사인을 해주십시
오."

　"하하하하, 정말 재미있는 분이네요. 최근 몇 년간 전 송염
씨만큼 재미있는 사람을 본 적이 없습니다."

　"우선 전 광대가 아닙니다. 앞으로도 광대가 될 생각은 없
습니다. 그리고 돈은 거짓말을 하지 않죠. 사람이 거짓말을
할 뿐입니다."

　"좋습니다. 확실히 해두는 것이 좋겠죠."

　이현빈이 사인을 했다.

　송염은 흰 종이를 곱게 접어 간직한 후 자리에서 일어났다.

　"식사는 맛있었습니다. 많이 배웠습니다. 혹시 다시 볼 기
회가 있다면 이번과는 또 달라진 저를 보게 될 겁니다."

　"하하하, 기대하고 있겠습니다."

송엽이 레스토랑을 떠나자 이현빈은 독한 위스키 한 잔을 주문했다.

그는 천천히 술을 마시며 포크로 스톤스킨 버프가 걸린 스테이크를 콕콕 찌르기 시작했다.

포크는 스테이크에 어떤 흠집도 내지 못했다.

그러고도 몇 분이 지나자 포크가 부드러운 고기를 파고들었다.

이현빈은 들고 있던 술잔을 비운 다음 자리에서 일어났다.

그가 레스토랑을 나와 향한 곳은 지하의 조그만 바였다.

이현빈은 바를 지키고 있는 백발이 성성한 바텐더에게 말했다.

"New World Order(새로운 세계의 질서)."

바텐더가 바 밑의 스위치를 조작하자 오래된 위스키들로 가득 차 있던 진열장이 빙글 돌며 검은 통로를 만들어 냈다.

통로는 아래로 아래로 나 있었다.

그렇게 한참을 내려가자 검은 철문이 모습을 드러냈다. 철문 중앙에는 역 V자와 V자가 교차하는 기호 중앙에 G가 새겨진 문양이 선명했다.

이현빈은 철문 앞에 서서 말했다.

"저편에서."

철문 안에서 대답하듯 목소리가 들렸다.

"자유와."

이현빈이 노래하듯 말했다.

"의지와."

다시 철문 안에서 목소리가 화답했다. 두 사람의 목소리가 번갈아 통로에 울려 퍼졌다.

"믿음을 위해."

"도래를 선택한."

"그들의 선택을 존중하며."

"명예가 권리이지 않고."

"권리가 의무이지 않는."

"신세계의 건설을."

마지막으로 두 목소리가 함께 소리쳤다.

"저편에서."

그리고 문이 열렸다.

문 안에서 사람의 모습을 찾을 수는 없었다.

대신 돔 야구장 규모의 지하 공동과 그 중앙에 식민지 풍으로 지어진 하얀색 2층 건물의 모습이 보였다.

이현빈은 건물을 향해 걸음을 옮겼다.

건물 내부는 외부에서 보던 2층 건물이 아닌 텅 빈 하나의 방으로 되어 있었다.

이현빈은 건물 중앙에 서서 정면을 바라보며 독백하듯 말했다.

"10분이 넘었습니다. 짧은 시간에 상당한 성취입니다."

대답이 있었다.

그 대답은 어디서 나오는 소리인지 알 수 없어 건물 전체가 직접 진동해 말을 하는 것 같았다.

건물이 말했다.

"문이 열린 건가?"

이현빈이 대답했다. 그의 목소리는 평소의 듣기 좋은 저음이 아니라 날카롭고 카랑카랑거려 듣기 거북한 고음으로 변해있었다.

"한국에 문이 있다는 정보는 없었습니다."

"본연의 자질이란 말인가? 믿을 수 없다."

"동의합니다. 하지만 그 남자가 무슨 수를 썼을지도 모릅니다."

"그 남자는 어디에 있는가?"

"이스터로 떠났습니다."

"이스터라……. 결국은인가."

"어차피 시간문제였습니다."

"처리하는 방법뿐인가?"

"전 그 의견에 반대합니다. 지금은 기다릴 시간입니다."

"많은 시간을 기다렸다."

"우리에게 기다림은 익숙한 감각입니다."

"하긴, 너의 의견에 동의한다. 하지만……."

"전시안의 눈은 결코 잠들지 않습니다. 주시하고 주시하고 또 주시하겠습니다."

"행동하는 자여, 그대의 노고에 박차를 가하라."

"사색하는 님이여, 님의 이성이 신의 오만함이 만들어낸 환상을 벗겨낼 것입니다."

건물이 맥동을 멈추고 목소리가 사라졌다.

이현빈이 몸을 돌려 건물을 빠져나왔다.

그의 모습은 변함이 없었지만 눈만은 아니었다.

이현빈의 눈은 마치 송염이 때려잡는 몬스터의 그것처럼 붉게 물들어 있었다.

Chapter 45
실종

버퍼
Buffer

서울에서 돌아온 송염은 즉시 파티를 소집했다.

"돈을 벌 거야."

송염의 선언은 즉각적인 야유를 받았다.

가장 심한 야유를 퍼부은 사람은 강철중이었다.

"언제는 안 벌었나?"

"부족해. 지금보다 더 열심히 더 많이 벌 거야."

"그래서?"

"왕국을 세울 거야."

"왕국을 세워서 뭘 하게?"

"답답하긴……. 내가 말하는 왕국이 정말 그 왕국이란 말이 아냐. 일종의 형용사로 받아들여줘. 그리고 뭘 하냐면 남의 간섭을 받지 않고 잘 먹고 잘살기."

"욕구 불만이 넘쳐서 갑자기 뇌가 돌았나 보다."

한자에 약한 희진이 물었다.

"철중 오빠, 욕구불만이 뭐야?"

"성인 남자가 밤마다 생각하는 그거."

말의 뜻을 이해한 희진의 표정이 변했다.

희진이 송염을 똑바로 바라보며 물었다.

"오빠, 욕구불만이야? 그런 거야?"

"휴~ 답답하다."

"정말로 욕구불만이구나. 어떡하지? 내가 풀어줄 수도 없고……."

마동식이 발끈했다.

"야, 마순실, 아니 마희진. 너 그게 무슨 소리야."

"왜 오빠도 욕구불만이야?"

"……."

크리스티나도 끼어들었다.

그녀의 말은 모든 사람의 입을 다물게 만들기 충분할 만큼 충격적이었다.

"나라도 도와주고 싶은데 어쩌지? 에스토니아는 한국에 비

해서 성이 개방적이긴 하지만 수도원 학교 다닐 때 혼전순결
서약을 해버려서……."

"……."

"……."

"……."

"……."

대화가 산으로 가버렸다.

'돌겠다. 돌겠어.'

잘 먹고 잘살자는데 발목을 붙잡는 사람이 가장 가까운 자
신의 파티원이란 사실이 너무나 한심스러운 송염이었다.

*   *   *

일련의 과정을 거쳐 송염은 검은 방에서 눈을 떴다.

"돈 벌러 가자."

송염은 붉은 문을 열었고 파티는 사냥을 시작했다.

오크는 고블린보다 강했지만 그렇다고 파티에 위협을 줄
만큼은 아니었다.

사냥은 순조롭게 진행되었고 한 마리의 오크가 죽을 때마
다 송염은 열심히 오크의 주머니를 뒤졌다.

"호~ 또 나왔다."

오크는 고블린보다 부자였다.

주로 동전이 나왔지만 가끔 은화가 발견되었고 아주 어쩌다 한 번은 금화도 있었다.

금화가 발견되자 사냥이 더욱 즐거워졌다.

휴식은 일행 중 한 명이 레벨 업을 해서 기절하는 동안으로 한정했다.

오크의 숫자는 고블린의 몇 배에 달할 만큼 많았고 그에 따라 송엽의 주머니는 점점 더 무거워졌다.

마지막 보스 오크를 잡자 즐거움은 극에 달했다.

일행은 보스 오크의 거처에서 보물 상자를 발견했다.

보물 상자 안에는 고블린의 경우보다 더 많은 양의 보물이 있었다.

"좋아, 좋아."

모든 것이 좋았고 즐거웠고 행복했다.

이 행복이 영원할 것 같았다. 아니, 영원했으면 했다.

하지만 그렇지 못했다.

행복은 검은 방으로 돌아오고 다음 던전의 몬스터를 확인하기 위해 붉은 문을 연 순간 산산조각 났다.

붉은 문 밖에 다섯 명의 사람이 서 있는 모습이 보였다.

대략 희진 또래로 보이는 사람들은 모두 금발의 백인 청년

네 명과 역시 금발의 백인 여성 한 명으로 이뤄져 있었다.

그들은 카본 파이버와 티타늄으로 만들어져 검은색 일색의 갑옷을 입은 송염 일행과 달리 눈부시게 빛나는 은빛 갑옷을 입고 있었다.

그들 중 리더로 보이는 청년이 송염을 가리키며 소리쳤다.

"Occidite eos!"

후일 알게 된 일이지만 청년의 말은 라틴어였고 한국어로 번역하면 다음과 같은 뜻이었다.

"저들을 죽여라!"

청년의 명령을 받은 백인 청년과 여성이 각자의 무기를 빼들었다.

가장 먼저 명령을 이행한 사람은 백인 여성이었다.

그녀는 크리스티나의 폴과 비슷한 막대기를 송염에게 겨누며 소리쳤다.

"파이어 볼!"

둥실하고 불덩어리가 생겨나 송염을 향해 쏘아왔다.

그와 동시에 네 명의 백인 청년들이 은빛 선을 그리며 송염쪽으로 날아왔다.

쾅!

송염은 황급하게 붉은 문을 닫았다.

"무슨 일이야?"

"안색이 왜 그래?"

"오빠."

"오빠."

아직 상황을 파악하지 못한 일행은 송염의 행동을 이해하지 못하고 있었다.

붉은 문은 밖에서도 열린다.

적이 달려오고 있었다.

대답할 시간도 생각을 가다듬을 시간도 없었다. 현 파티의 실력은 적과 대적해서 이길 가능성도 전무했다.

방법은 하나였다.

송염은 노란 문으로 달려가 문고리를 잡았다.

그리고 힘차게 노란 문을 열었다.

─송염은 동굴에서 눈을 떴다.

이젠 익숙해진 연꽃 좌대와 벽화가 송염을 반겨주었다. 다행히 시간을 맞췄다.

적의 공격에서 벗어난 것이다.

안도한 송염은 말했다.

"죽을 뻔했다. 그놈들 뭐야?"

그런데 아무런 대답이 없었다.

송염은 자신이 가장 일찍 깨어났다고 생각했다.

"......"

하지만 아니었다.

동굴에는 송염 자신 말고는 아무도 존재하지 않았다.

『버퍼』 4권에 계속…

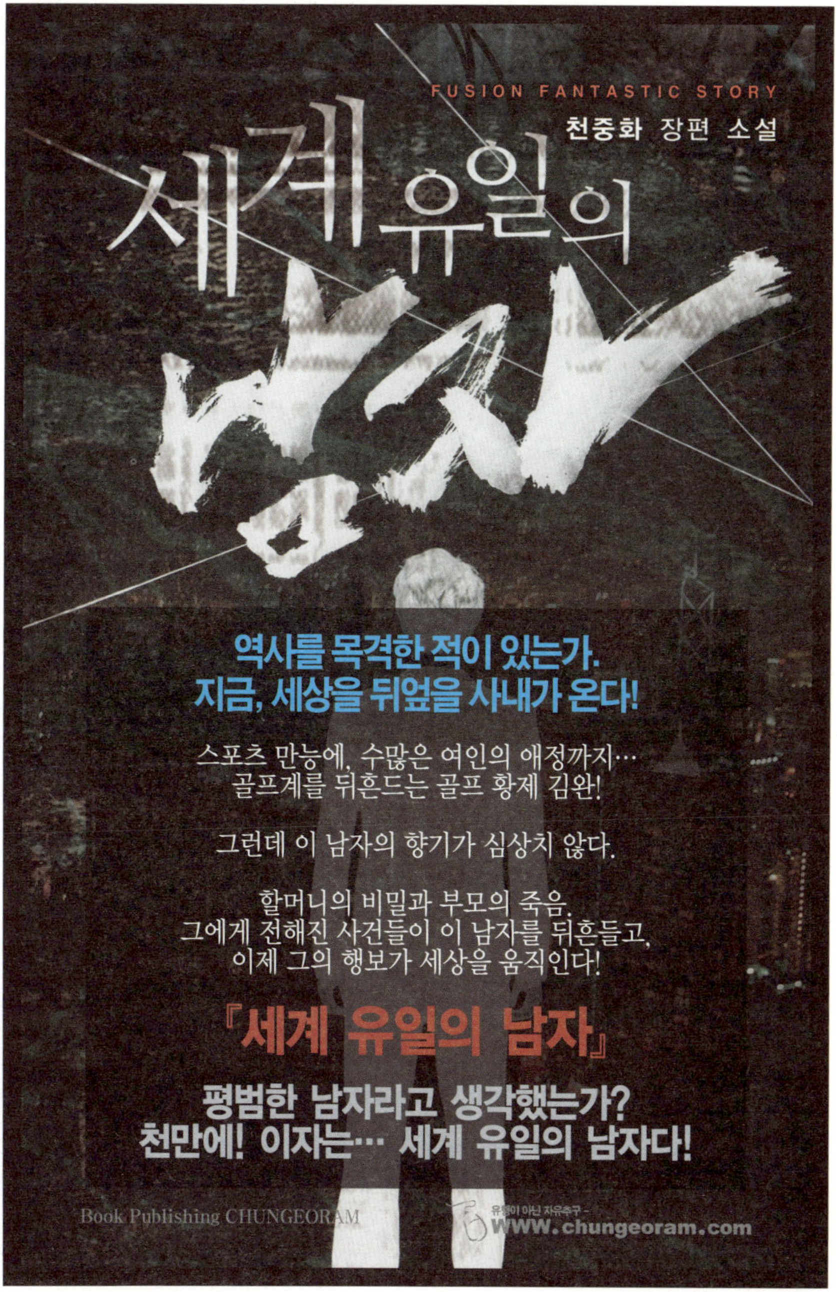

FUSION FANTASTIC STORY

천중화 장편 소설

세계 유일의 남자

역사를 목격한 적이 있는가.
지금, 세상을 뒤엎을 사내가 온다!

스포츠 만능에, 수많은 여인의 애정까지…
골프계를 뒤흔드는 골프 황제 김완!

그런데 이 남자의 향기가 심상치 않다.

할머니의 비밀과 부모의 죽음.
그에게 전해진 사건들이 이 남자를 뒤흔들고,
이제 그의 행보가 세상을 움직인다!

『세계 유일의 남자』

평범한 남자라고 생각했는가?
천만에! 이자는… 세계 유일의 남자다!

Book Publishing CHUNGEORAM

유령이 아닌 자유추구 -
www.chungeoram.com

FUSION FANTASTIC STORY

죽은 자들의 왕

페리도스 퓨전 판타지 소설

공전절후! 쾌감작렬!
청어람이 선보이는 판타지의 신기원!

『죽은 자들의 왕』

대륙 최고의 어쌔신 길드, 블랙 클라우드.
어느 날 내려진 섬멸 명령으로 인하여 하루아침에 멸망했다.

그러나……

"오랜만이다, 동생아."

어릴 적 헤어진 동생을 찾아 국경을 넘은 그레이너.
그러나 동생은 죽음의 위기를 겪고,
이제 동생의 모습으로 새로 태어난 그레이너가
모든 음모를 파헤치며 나아간다.

사라졌다 여겨진 전설이 끝나지 않고,
이제 대륙을 뒤흔드는 폭풍이 되리라!

Book Publishing CHUNGEORAM

유행이 아닌 자유추구 -
WWW.chungeoram.com

인기영 장편 소설

현대 강림 마스터

FUSION FANTASTIC STORY

타고난 이야기꾼, 작가 인기영!
「현대 귀환 마법사」의 뒤를 잇는 새로운 현대물로 돌아오다!

한평생 빙의로 고생해 온 설유하.
그 빙의가 그의 인생역전을 이뤄줄 줄이야!

귀신을 다루는 사령술!
동물을 움직이는 조련술!
마검왕에게 사사한 검과 마법!

이계에서 찾아온 세 영웅의 영혼과의 만남.
그들이 전해준 힘으로
역사에 없던 '마스터'가 현대에 강림하다!

주목하라!
나 설유하, 마스터가 바로 여기에 있다!

Book Publishing CHUNGEORAM

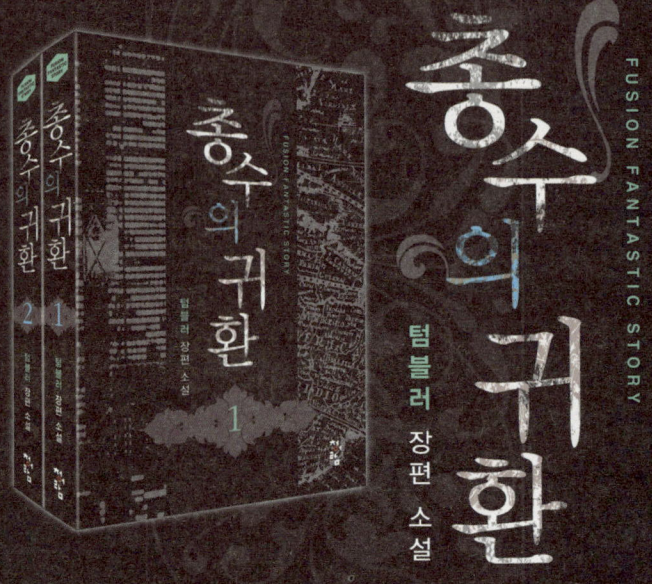